Emma Darcy
Su conquista más exquisita

WITHDRAWN

HARLEQUIN™

Editado por HARLEQUIN IBÉRICA, S.A.
Núñez de Balboa, 56
28001 Madrid

I.S.B.N.: 978-84-687-3585-6
Depósito legal: M-21992-2013
Editor responsable: Luis Pugni
Fotomecánica: M.T. Color & Diseño, S.L. Las Rozas (Madrid)
Impresión en Black print CPI (Barcelona)
Fecha impresion para Argentina: 21.4.14
Distribuidor exclusivo para España: LOGISTA
Distribuidor para México: CODIPLYRSA
Distribuidores para Argentina: interior, BERTRAN, S.A.C. Vélez
Sársfield, 1950. Cap. Fed./ Buenos Aires y Gran Buenos Aires,
VACCARO SÁNCHEZ y Cía, S.A.

Capítulo 1

UNA hija bien amada enterrada en el lugar equivocado.

Un hombre cavando en una tumba.

Un perro correteando por el panteón y derribando
las cabezas de los ángeles de piedra.

Menuda mañana de lunes, pensó Lucy Flippence
mientras se dirigía en coche al cementerio Greenlands
para ocuparse de la situación. Justo el día en que su
hermana cumplía treinta años. Habría sido estupendo
llevarla a comer y ver su nuevo peinado y su colorida
indumentaria. Durante los dos últimos años, Ellie solo
había vestido de negro y gris, tan concentrada en ser
la ayudante personal de Michael Finn que no había tenido tiempo, ni interés, para fijarse en ningún hombre.

En aquellos momentos Lucy podía comprenderla
mejor que nadie. El desagradable incidente sufrido en
un pub irlandés de Port Douglas había arruinado el fin
de semana con sus amigas. El tipo había comenzado
siendo un príncipe apuesto y prometedor y se había
transformado en un sapo repugnante. Lo mismo que
les ocurría a todos los hombres, tarde o temprano. A
sus veintiocho años aún no había conocido a un hombre de verdad cuya armadura permaneciera reluciente
en cualquier circunstancia.

Pero ella no iba a renegar de los hombres. Le gustaba sentir la excitación de sentirse atraída y amada, aunque solo fuera por un breve espacio de tiempo. Por aquella excitación valía la pena sufrir el inevitable desencanto posterior. Mientras estuviera viva seguiría saliendo en busca de experiencias nuevas y emocionantes. Era lo que siempre le había aconsejado su madre... casada con un sapo por haberse quedado embarazada de Ellie.

—No cometas nunca el mismo error que yo, Lucy. Ten cuidado.

Y ella lo tenía.

Siempre.

Sobre todo porque no albergaba el menor deseo de tener hijos y que heredaran su dislexia. Hacer pasar a un niño por lo que ella había pasado en la escuela no era un acto de amor, y por desgracia los problemas no acababan allí. La discapacidad crónica privaba de un sinfín de posibilidades que cualquier persona normal daría por sentadas.

La idea de que un niño inocente naciera con un cerebro defectuoso como el suyo le provocaba un profundo rechazo a Lucy. No iba a arriesgarse a que algo así sucediera. Y eso implicaba que, seguramente, jamás se casaría. No tenía sentido si ya había renunciado a formar una familia.

Aunque siempre quedaba la esperanza de encontrar a un príncipe al que no le importara no tener hijos, o quizá a uno que también arrastrara un defecto genético y así ambos podrían ser felices juntos. No había descartado esas posibilidades, y eso le permitía seguir adelante con firmeza e ilusión.

El cementerio Greenlands estaba situado a las afueras de Cairns. Hacía honor a su nombre, tan verde y exuberante como era lo habitual en el norte de Queensland, Australia, sobre todo tras las lluvias torrenciales y antes del sofocante calor del verano. Agosto era un mes muy agradable y Lucy se alegraba de no estar encerrada en la oficina, aislada de aquel sol tan espléndido.

Al entrar en el aparcamiento vio a un hombre con una pala junto a una de las tumbas. Parecía muy mayor y Lucy decidió que no sería peligroso acercarse. Aunque lo hubiera hecho de todos modos. Su aspecto era infalible para desarmar a los hombres.

Le encantaba vestirse con ropa original y desenfadada que encontraba en el mercadillo de los domingos. El día anterior había comprado un collar de cuentas de madera, unos brazaletes, un cinturón de cuero y unas sandalias que ascendían entrecruzándose por sus pantorrillas. Completaba su atuendo con una minifalda blanca y una blusa holgada, y llevaba su largo pelo rubio recogido en lo alto de la cabeza para dejar a la vista sus bonitos pendientes, también de madera. No parecía en absoluto una funcionaria, y con eso ya tenía media batalla ganada para ganarse la confianza de la gente.

El viejo la vio acercarse y dejó de cavar para apoyarse en el mango de la pala y contemplarla de arriba abajo, como hacían todos los hombres independientemente de su edad. Lucy vio dos grandes sacos de abono junto a él, tras los cuales asomaba un rosal.

–Qué bonita vista para unos ojos cansados –le dijo a modo de saludo, dedicándole una pequeña sonrisa–. ¿Viene a visitar a algún ser querido?

–Sí, siempre visito a mi madre cuando vengo aquí –respondió ella, sonriendo también. El rostro del hombre estaba cubierto de arrugas. Debía de tener más de ochenta años, pero su cuerpo, enjuto y ágil, parecía conservarse en forma.

—Su madre, ¿eh? Debió de morir muy joven.

Lucy asintió.

—Tenía solo treinta y ocho años —dos años más de los que tenía ella en esos momentos, un recordatorio que la incitaba a aprovechar su vida lo más posible.

—¿De qué murió?

—De cáncer.

—Ah, vaya —el viejo sacudió tristemente la cabeza—. Debería dar gracias de que mi mujer falleciera rápidamente, sin dolor. Tenía setenta y cinco años. Estábamos a punto de celebrar nuestras bodas de diamante.

—Debieron de ser muy felices juntos —comentó Lucy, aunque en el fondo lo dudaba. Había visto que muchas parejas permanecían juntas por miedo a afrontar la ruptura.

—Mi Gracie era una mujer maravillosa —aseguró el hombre con una voz cargada de amor y nostalgia—. No la habría cambiado por nadie. Era la mejor, la única. La echó tanto de menos... —los ojos se le llenaron de lágrimas.

—Lo siento —murmuró Lucy, y esperó a que se recuperara antes de seguir hablando—. ¿Está plantando ese rosal para ella?

—Sí. A Gracie le encantaban las rosas. Sobre todo esta variedad, Pal Joey, por su exquisita fragancia. No como esas rosas de invernadero que venden en las floristerías. Tome, huela —se agachó y agarró el rosal para acercarle una flor amarilla.

Ella así lo hizo, y encontró el olor sorprendentemente intenso y delicioso.

–¡Me encanta!

–Lo he traído de nuestro jardín. No podía dejar que mi Gracie yaciera aquí sin una parte de nuestro jardín, y esta era su rosa favorita.

–Bueno, ¿señor...?

–Robson. Ian Robson.

–Lucy Flippence. Tengo que decirle que trabajo en la administración del cementerio, señor Robson. Alguien informó a mi oficina de que estaba usted cavando una tumba y me mandaron a investigar. Pero ya veo que no está haciendo nada malo.

El anciano frunció el ceño, obviamente molesto con la situación.

–Solo quiero plantar el rosal.

–Lo sé. Y me parece estupendo. Pero después lo limpiará todo, ¿verdad? ¿Se llevará los sacos vacíos cuando haya dejado la tumba de su mujer mucho más bonita de lo que estaba?

–No se preocupe, señorita Flippence. No solo lo limpiaré todo, sino que me ocuparé personalmente de regar y podar el rosal para que florezca en la tumba de mi Gracie.

Lucy le dedicó una cálida sonrisa.

–Estoy segura de que lo hará, señor Robson. Ha sido un placer conocerlo. Ahora voy a visitar a mi madre.

–Vaya con Dios.

–Usted también.

Mientras se alejaba, Lucy pensó en la devoción de Ian Robson hacia su mujer. La reconfortaba saber que el amor verdadero existía, por raro que fuera, y que también ella podría encontrarlo si tenía mucha, mucha suerte.

Se detuvo en la tumba de su madre y suspiró al leer lo que Ellie había insistido en grabar en la lápida.

Veronica Anne Flippence
Devota madre de Elizabeth y Lucy

No «devota esposa de George», porque eso habría sido una flagrante mentira. Su padre las había abandonado nada más enterarse de que su mujer sufría un cáncer terminal, aunque tampoco habría servido de mucha ayuda. Trabajaba como minero en Mount Isa, y cada vez que estaba en casa de permiso acababa emborrachándose y maltratando a su familia. Era mejor para todos que dejara a sus hijas a cargo de su madre, pero su abandono demostraba que no había el menor atisbo de decencia en su carácter. Un sapo de la peor especie.

Ellie había descubierto, además, que llevaba una doble vida con otra mujer en Mount Isa. Por todo ello, Lucy se alegraba de que las hubiera dejado, y aún le guardaba un profundo rencor por no haberle dado a su madre el amor que ella merecía. No había habido rosas en su matrimonio...

—Hoy es el cumpleaños de Ellie, mamá —dijo en voz alta—. Seguro que ya lo sabes. Le he comprado una blusa preciosa y una falda verde para que cambie ese aspecto tan insulso que lleva siempre. Nos decías que cuidáramos siempre la una de la otra, y Ellie me ayuda más de lo que debería con mi dislexia. Por eso quiero ayudarla a encontrar un príncipe. Los hombres se fijan en las mujeres alegres y vistosas, y ella se merece una oportunidad, ¿verdad?

Sonrió por lo que Ellie le había dicho por teléfono aquella mañana. Se había cortado y teñido de cobrizo su larga melena castaña. Era el primer paso en la dirección correcta. Si su hermana comenzaba a brillar y a divertirse, los hombres empezarían a sentirse atraídos por ella.

—Si puedes hacer un milagro, mamá, sería fantástico que Ellie y yo conociéramos hoy a un príncipe cada una... Sería un cumpleaños para recordar —volvió a suspirar por la improbabilidad de que algo así sucediera—. Ahora tengo que irme a recoger las cabezas de los ángeles antes de que sufran más daños. Hasta pronto...

Al llegar al panteón se sorprendió al ver el número de ángeles decapitados. El perro debía de haber sido un pastor alemán enorme o un gran danés. Agarró una cabeza, volvió a dejarla en el suelo tras comprobar lo pesada que era y fue a buscar la furgoneta para acercarla al panteón. Tardó una hora en cargar todas las cabezas para llevárselas al mampostero.

Miró la hora y decidió que el mampostero podía esperar hasta después del almuerzo. Si no llegaba a la oficina de Ellie antes de las doce, su hermana podría marcharse por su cuenta. Y, aunque Lucy podría llamarla por teléfono, prefería darle una sorpresa. Para eso era su cumpleaños...

Encontrar aparcamiento cerca del edificio de Finn Franchises era una tarea imposible, y tuvo que conformarse con dejar la furgoneta a dos manzanas de distancia. Recorrió a paso acelerado la distancia y consiguió llegar a la oficina pocos minutos después de las doce. Se detuvo un momento para recuperar el aliento, llamó a la puerta y asomó la cabeza para ver si había alguien. Su hermana, una Ellie renovada de los pies a la cabeza, estaba sentada tras una mesa.

–¿Puedo pasar?

–Claro.

Lucy entró, cerró la puerta tras ella y se acercó danzando a la mesa, maravillada por el cambio de aspecto de su hermana.

–Me encanta tu pelo, Ellie –exclamó alegremente, y se sentó en el borde de la mesa para examinar de cerca el nuevo estilo–. Es muy sexy. Te da ese aire descuidado y desenvuelto, como si acabaras de levantarte de la cama. Y el color te sienta muy bien y hace juego con la ropa que he elegido para ti. Tengo que confesar que estás divina... Y ahora dime que también te sientes divina.

La expresión insegura de Ellie se transformó en una sonrisa.

–Me gusta mi nuevo aspecto –admitió y, como era típico en ella, cambió de tema para no hablar de sí misma–. ¿Y tu fin de semana?

–Bueno... así, así –Lucy hizo un gesto con la mano y puso una mueca triste–. Pero la mañana ha sido terrible.

No quería contarle el incidente con el sapo del pub irlandés. Aquel día no quería deprimirse por culpa de los hombres, estando Ellie tan arrebatadora. Le habló de su encuentro con el viejo que estaba plantando el rosal y de los destrozos que había provocado el perro en el panteón. Describió la escena al detalle, destacando lo pesadas que eran las cabezas de los ángeles.

Era una buena historia, pero Ellie no parecía prestar atención. Tenía la mirada fija en el otro extremo del despacho.

–Las cabezas de los ángeles –dijo una voz masculina en un tono grave y de incredulidad.

La voz le provocó un escalofrío a Lucy por la espalda. No sabía si las vibraciones sonoras podían apretarle el corazón, pero algo sí que lo hizo. Giró la cabeza rápidamente, acuciada por la urgente necesidad de examinar al dueño de aquella voz.

Y allí estaba... alto, moreno y apuesto. La imagen perfecta de un príncipe.

Capítulo 2

MICHAEL Finn se quedó anonadado al ver a la mujer que estaba sentada en la mesa de Elizabeth. Lo primero en que se fijó fueron sus piernas; largas, bronceadas y exquisitamente moldeadas, con unas esbeltas pantorrillas rodeadas por las tiras de sus sandalias. Lo siguiente fue la minifalda blanca, por la mitad del muslo. A continuación, una blusa blanca y holgada que dejaba a la vista un hombro esbelto y perfecto. Y, para terminar, una reluciente melena rubia recogida en lo alto de la cabeza y con algunos mechones sueltos.

Tenía la cara vuelta hacia Elizabeth, pero Michael no encontró el menor defecto en su perfil y sí un hoyuelo que se le formaba en la mejilla al hablar. Unos pendientes artesanales se balanceaban junto a un cuello largo y esbelto, los brazaletes tintineaban en sus brazos mientras movía las manos para darle énfasis a su relato, tan fascinante como el resto de ella.

–¿Las cabezas de los ángeles?

Las palabras brotaron de su boca sin darse cuenta. Le costaba creer el impacto que aquella mujer estaba teniendo en él, y la mención de los ángeles aumentó la sensación de irrealidad.

Estaba acostumbrado a evaluar a las mujeres antes

de decidir si se embarcaba en una relación. Nunca tomaba una decisión precipitada, pues le resultaba insoportablemente tedioso romper el contacto cuando descubría que una mujer no lo llenaba. Pero en aquellos momentos sentía la imperiosa necesidad de forjar una conexión con aquella mujer antes de que se desvaneciera.

Ella giró la cabeza hacia él y su bonito rostro se iluminó de asombro al mirarlo con sus grandes ojos marrones.

–Cielos...

La exclamación brotó de unos labios perfectos, carnosos y realzados con un brillante pintalabios coral, y resonó en la mente y el cuerpo de Michael. El descarado interés que aquella desconocida mostraba en él fue como recibir una descarga eléctrica, hasta el punto de que tuvo una erección en cuestión de segundos... algo que nunca le había pasado en un primer encuentro con una mujer, ni siquiera siendo un joven con las hormonas revolucionadas. A sus treinta y cinco años era una experiencia totalmente nueva, y también inquietante. Siempre se había enorgullecido de mantener el control en cualquier situación.

–¿Es usted el jefe de Ellie? –le preguntó ella, ladeando la cabeza como si estuviera imaginándose las posibilidades que pudieran darse entre ellos.

¿Ellie? Michael tardó unos segundos en sofocar el repentino deseo que le abrasaba el pecho y relacionar aquel nombre con Elizabeth.

–Sí... Sí, lo soy –consiguió responder finalmente–. ¿Y usted quién es?

–Lucy Flippence, la hermana de Ellie. Trabajo en la administración del cementerio, y por eso trato frecuentemente con ángeles –dijo, como si necesitara aclarar que no procedía de otro planeta.

–Entiendo –murmuró él.

Ella se bajó de la mesa y se acercó con la mano extendida, contoneando sensualmente las caderas y apuntándolo con sus pechos grandes y turgentes. Era alta, esbelta y tan voluptuosamente femenina que a Michael se le dispararon las hormonas.

–Encantada de conocerte –le dijo con una cautivadora sonrisa–. ¿Puedo llamarte Michael?

–Por supuesto –le estrechó la mano y sintió un hormigueo de excitación por toda la piel.

Entonces advirtió un movimiento por el rabillo del ojo y recordó que su hermano Harry estaba a su lado, esperando que lo presentara. ¿Estaría experimentando la misma reacción que él ante aquella despampanante mujer? Ojalá no fuera así. Michael no quería luchar con su hermano por una mujer, pero por Lucy estaría dispuesto a hacerlo con uñas y dientes. Un celo feroz y posesivo se apoderó de él y le lanzó disimuladamente a Harry una mirada de advertencia. Siempre se habían respetado mutuamente cuando se trataba de conquistar a una mujer, pero no había hombre que pudiera resistirse a Lucy.

–Este es mi hermano, Harry –lo presentó, y se le llenó el pecho de satisfacción cuando Lucy, sin soltarlo, levantó la otra mano para estrechar brevemente la de su hermano.

–Hola, Harry –lo saludó casi con indiferencia.

–Un placer –respondió él en un tono mucho más insinuante. Pero Lucy apenas le dedicó un vistazo y volvió a fijar sus cálidos ojos marrones en Michael.

–No sé si sabes que hoy es el cumpleaños de Ellie,

y había pensado en invitarla a comer por ahí. ¿Te importa si me la llevo y te la devuelvo un poco tarde, Michael?

–La verdad es que me disponía a hacer lo mismo –se apresuró a decir él–. Pensaba llevarla a comer al Mariners Bar.

–¡El Mariners Bar! –exclamó ella con un brillo radiante en los ojos–. Qué detalle invitar a Ellie a ese sitio. Eres un jefe estupendo.

–¿Por qué no vienes con nosotros? Así será una bonita celebración.

–Yo también voy –anunció Harry al instante.

Cuatro era mejor que tres, decidió Michael. Su hermano ya debía de saber que Lucy no tenía el menor interés personal en él, de modo que podría ocuparse en distraer a Elizabeth.

–Pero solo he reservado mesa para dos –le recordó su secretaria.

–No pasa nada. Seguro que el maître nos encuentra espacio –declaró él, haciendo gala de su seguridad mientras le sonreía a Lucy–. Nos encantaría contar con el placer de tu compañía.

Ella le sonrió a su hermana.

–Con cuatro será más divertido, ¿no crees, Ellie?

–Al menos contigo no habrá que preocuparse por los silencios incómodos, Lucy –respondió ella con ironía.

Lucy soltó una carcajada deliciosa.

–Entonces todo solucionado. Gracias por la invitación, Michael. Y es estupendo que tú también te unas a la fiesta, Harry.

Michael no tenía el menor interés en celebrar una fiesta.

Solo estaba interesado en Lucy Flippence. La fijación que normalmente aplicaba al trabajo se concentraba en ella, tanto física como mental. Y la deseaba para él solo.

No se le ocurrió que tal vez no fuese buena idea acostarse con la hermana de su secretaria.

Solo podía pensar en cómo acostarse con ella lo antes posible.

Capítulo 3

LUCY no podía creerse su buena suerte. Había conocido a un príncipe a quien le gustaba y que quería estar con ella. Y qué príncipe... No solo arrebatadoramente atractivo, sino además multimillonario. Ellie le había hablado de su próspera empresa, Finn Franchises, pero nunca le había dicho que su jefe fuera tan sexy.

Aquella omisión hizo pensar a Lucy mientras salían del edificio y atravesaban la Esplanade hacia el paseo marítimo. ¿Habría algo en Michael Finn que impidiera a Ellie sentir atracción por él? ¿Sería un jefe severo y despótico? A Lucy no le gustaban los hombres autoritarios, y necesitaba saber por qué no le gustaba a su hermana antes de llegar al final con él.

Pero en aquellos momentos solo quería disfrutar de aquel día tan espléndido y abandonarse a la irresistible atracción que la embargaba. En cuanto se adelantaron unos pasos respecto a Ellie y Harry, Michael le dedicó una sonrisa que la hizo estremecerse de la cabeza a los pies.

–Háblame de ti, Lucy. ¿Cómo es que trabajas en la administración del cementerio cuando podrías haber sido modelo?

Tenía los ojos de color gris plateado, tan característicos como el resto de su persona, y Lucy estaba tan encantada de que mostrase interés en ella que las palabras le salieron a borbotones. Le habló de su experiencia como modelo, sus ventajas e inconvenientes, lo hizo reír con las divertidas anécdotas que había vivido como guía turística y le contó también sus pinitos en el mundo del baile.

–¿Tú bailas, Michael? Quiero decir... ¿Te gusta bailar?

–Nuestra madre nos obligó a Harry y a mí a tomar lecciones de baile cuando éramos niños. Decía que todo el mundo debería saber bailar y que lo acabaríamos agradeciendo. A nosotros no nos hacía ninguna gracia tener que bailar como las chicas en vez de hacer deporte, pero mi madre tenía razón. Con el baile se puede liberar la misma adrenalina que con el deporte.

–Las madres siempre saben lo que es mejor –comentó Lucy.

La expresión de Michael se volvió triste.

–La mía siempre lo supo.

–¿Quieres decir que ya no está con vosotros?

Michael la miró con extrañeza.

–¿No recuerdas el accidente de avión en el que murieron mis padres?

–No, lo siento, pero...

–Salió en todos los periódicos.

Lucy no iba a admitir que su dislexia le dificultaba la lectura de los periódicos.

–¿Cuánto tiempo hace?

–Diez años... Quizá eras demasiado joven para enterarte. ¿Cuántos años tienes, Lucy?

–Veintiocho. Y mi madre también murió hace diez años, de cáncer. Durante un tiempo no presté atención a nada más.

–Lo entiendo.

El rostro de Michael se relajó con una sonrisa y Lucy sintió un gran alivio por el vínculo de simpatía que se había establecido entre ellos.

–Tampoco tengo padre. Nos abandonó antes de que muriera mi madre. Solo estamos Ellie y yo.

–¿Vivís juntas?

–Sí, compartimos un apartamento. Ellie es una hermana maravillosa.

–¡No hay quien te aguante! –se oyó la voz de Ellie tras ellos, muy alterada.

Los dos se giraron a la vez, y Lucy deseó con todas sus fuerzas que nada echara a perder aquel día tan prometedor. Al ver que había llamado su atención, Ellie hizo una mueca y soltó un resoplido.

–No pasa nada. Harry está con sus tonterías de siempre.

Lucy se sintió culpable. ¿Había arruinado el cumpleaños de su hermana, y la perspectiva de un agradable almuerzo con su jefe, al endosarle una desagradable compañía? Se había quedado tan embelesada con su príncipe particular que no se le había ocurrido preguntarle a Ellie si le parecía bien que comieran los cuatro juntos.

–Pórtate bien con Elizabeth, Harry –lo reprendió Michael–. Es su cumpleaños.

–Yo siempre me portó bien –protestó él.

Ellie nunca perdía los nervios, pensó Lucy mientras observaba al hermano de Michael. Iba vestido con una camiseta blanca y unos pantalones cortos que dejaban a la vista su piel bronceada y su poderosa musculatura. La nariz torcida le afeaba levemente el rostro, pero su pelo negro y rizado y sus ojos intensamente azules le conferían un aspecto recio y varonil. Rezumaba virilidad por los cuatro costados, y sin duda estaba acostumbrado a triunfar con las mujeres. Pero no tendría nada que hacer con Ellie si ella lo veía como un mujeriego.

–Pues esfuérzate más –le aconsejó Michael, y agarró a Lucy del codo para reanudar la marcha.

–¿A Ellie no le gusta tu hermano, Michael? –le preguntó ella. Por muy encantada que estuviera con Michael, no era justo para Ellie tener que aguantar a un hombre que le resultaba odioso. Sería mejor que las dos se fueran solas.

–No creo que sea el caso –respondió Michael–. Nunca he conocido a nadie a quien no le guste Harry, pero suele irritar bastante a Elizabeth con su coqueteo.

Había formas y formas de coquetear, pensó Lucy, y algunas de ellas podían ser realmente molestas.

–No te preocupes –la tranquilizó Michael–. Ya le he advertido que tiene que comportarse.

Eso no supondría ninguna diferencia si a Ellie no le gustaba. Lucy necesitaba hablar con ella a solas, pero en esos momentos era imposible. Habían dejado atrás el parque y en unos minutos llegarían al Mariners Bar. Con un poco de suerte quizá pudiera hablar con Ellie en el bar antes de entrar en el restaurante.

Mientras tanto, ¿por qué no aprovecharse del momento y de la compañía?

–Estábamos hablando del baile –le recordó Michael con un brillo de curiosidad en sus ojos verdes–. Así que has sido modelo, guía turístico, bailarina... ¿Cómo has acabado en la administración del cementerio?

–Bueno, mientras trabajaba como bailarina hice un curso de esteticista. Eso me llevó a trabajar en un centro comercial y en un par de complejos turísticos de por aquí –lo miró de soslayo–. Hago unos masajes de pies extraordinarios, por si alguna vez necesitas uno.

–Una mujer con muchos talentos –comentó él, riendo.

A Lucy le encantaba el sonido de su risa. Resonaba en sus oídos y reverberaba hasta su corazón, el cual le latía desbocado.

¿Qué haría si su hermano resultaba ser un sapo?

«Por favor, que no lo sea».

Michael siguió haciéndole preguntas. Parecía intrigado por ella, lo cual era muy halagador. Casi todos los hombres solo querían hablar de sí mismos. Michael, en cambio, le daba la sensación de no haber conocido nunca a nadie como ella.

Lógicamente, no estaría tan intrigado si supiera la verdad. Lucy no había cambiado de un trabajo a otro porque quisiera probar algo nuevo y diferente. En la mayoría de los casos se había visto ante un serio problema debido a su dislexia, y la única solución para no sentirse humillada era seguir adelante. Su minusvalía era una maldición con la que tenía que vivir, pero estaba decidida a disfrutar de los intervalos entre un fracaso y otro.

Y en aquellos momentos sentía una enorme emoción ante la perspectiva de pasar un agradable rato con Michael Finn, aunque aún tuviera que cerciorarse de que a Ellie no le importaba. Quería que su hermana tuviera un feliz cumpleaños. Era la única persona de la que Lucy podía estar segura de que nunca le fallaría.

Acababan de pasar por delante del club marítimo, de camino al bar adyacente al restaurante, cuando Harry los llamó.

–¡Eh, Mickey! Yo me encargo de pedir las copas mientras tú resuelves lo de la mesa con el maître.

¿Mickey? ¿Mickey Finn? Lucy puso los ojos en blanco. ¿Cómo se podía ser tan infantil? Tal vez Harry fuera un tonto inmaduro.

–Está bien –aceptó Michael, quien debía de estar acostumbrado a que su hermano lo llamara Mickey.

Fuera como fuera, el acuerdo entre los dos hermanos le brindaría unos minutos a solas con Ellie en el bar. Tiempo suficiente para saber qué le parecía la situación a su hermana.

Michael los dejó en el bar y fue rápidamente al restaurante para hablar con el maître. Por su parte, Harry las condujo a una mesa con dos sofás.

–Dejadme que pida por vosotras –dijo, con un brillo de seguridad en sus ojos azules–. ¿Un Margarita para ti, Elizabeth?

–¿Por qué un Margarita? –inquirió ella, sorprendida.

–Porque eres la sal de la tierra y te adoro por ello.

Ellie hizo una mueca al verse comparada con el borde salado de la copa que se empleaba para un cóctel Margarita.

–Tienes razón –admitió Lucy–. A Ellie le encantan los Margaritas y es realmente la sal de la tierra. No sé qué haría sin ella. Ha sido siempre mi principal apoyo.

–Un apoyo constante... –musitó Harry–. Creo que eso es lo que me falta en mi vida.

–Para ti sería un agobio, Harry –señaló Ellie–. Sería como si llevaras una cadena al cuello.

–Hay cadenas que no me importaría llevar...

–Prueba una de oro.

Harry se rio.

–¿Siempre estáis así? –quiso saber Lucy.

–Es inevitable que salten chispas –reconoció Harry.

–He de admitir que estar con él es... estimulante –dijo Ellie.

Lucy se echó a reír con gran alivio.

–¡Me encanta! Qué bien lo vamos a pasar todos juntos –su hermana podía fingir lo que quisiera, pero era obvio que Harry no le resultaba indiferente–. ¿Y para mí qué vas a pedir?

–Para una chica tan radiante y alegre... una piña colada.

Lucy batió las palmas.

–Bravo, Harry. Es mi bebida favorita.

–A vuestro servicio –dijo él con una floritura, antes de dirigirse hacia el bar.

Era realmente encantador, como había dicho Michael, pero Ellie no confiaba en él. Seguramente pensaba que se valía de su encanto para salirse con la suya.

Lucy se inclinó hacia delante para convencerla de que se soltara la melena y disfrutara de la ocasión sin preocuparse por las consecuencias.

–Es justo lo que necesitas, Ellie. Llevas mucho tiempo cargándote de responsabilidades, y ya es hora de que te diviertas un poco. Prueba a ser una mariposa en vez de una abeja.

Una sonrisa irónica curvó los labios de Ellie.

–Tal vez lo haga.

–Hazlo –la animó Lucy, encantada con la posibilidad de que los dos hermanos pudieran ser príncipes–. Yo voy a intentarlo con Michael, que está como un queso... ¿Por qué no me dijiste que tu jefe era tan guapo?

–Siempre me ha parecido una persona bastante fría.

–Pues te aseguro que de frío no tiene nada... Hace que me hierva la sangre.

Ellie se encogió de hombros.

–Supongo que será una cuestión de química. Para mí es Harry el más atractivo.

Química... ¡Por supuesto! Eso lo explicaba todo. A Michael no le pasaba nada malo. Simplemente, no había química entre él y Ellie.

Se recostó en el sofá, muy satisfecha. Las dudas quedaban resueltas y era libre para volver a enamorarse.

–Hermanos y hermanas... –le sonrió a Ellie–. ¿No sería fantástico que acabáramos todos juntos, como una familia feliz?

Era una fantasía maravillosa, pero irrealizable. Lucy sabía que no era lo bastante buena para retener a un hombre como Michael Finn. Podría ser suyo un día, una noche, una o dos semanas a lo sumo. Pero nada más.

–Creo que te estás precipitando un poco –comentó Ellie–. Vamos a tomarnos las cosas con calma, paso a paso.

Tan sensata como siempre.

Y tan acertada como siempre.

Lucy era consciente de estar volando sobre las nubes.

Tarde o temprano tendría que descender a la amarga realidad. Al día siguiente, o al otro, o al otro...

De momento quería seguir soñando.

Capítulo 4

LUCY no creía en cuentos de hadas, pero no había motivos para que Ellie no pudiera hacer realidad sus sueños. Su hermana era una mujer brillante en todo. Solo necesitaba arrojar un poco de luz en su vida personal, y Harry Finn parecía ser el hombre adecuado para ello.

–Tú siempre tan sensata, Ellie –le reprochó. Nada le gustaría más que su hermana se arriesgara por una vez en su vida.

–Es algo que valoro muy positivamente en ella –dijo Michael en ese momento, sentándose junto a Lucy en el sofá.

–Oh, yo también –se apresuró a corroborar Lucy–. Pero también quiero que se divierta.

–Para eso estoy yo aquí –intervino Harry, mirando a Ellie con un brillo de picardía en los ojos–. El camarero traerá los cócteles enseguida. Mientras tanto, aquí tenéis los cacahuetes y galletitas saladas –colocó un cuenco en la mesa y se sentó junto a Ellie. Los dos intercambiaron una mirada desafiante que lo decía todo.

–¿Qué has pedido para Michael? –le preguntó Lucy.

–Un Manhattan. Michael es un hombre de ciudad y con frecuencia se olvida de que tiene el sol sobre su cabeza.

–¿Y para ti?

–Bueno... como trabajo en mar abierto y soy un hombre salado, comparto el gusto de Elizabeth por los Margaritas.

–¿Trabajas en el mar?

–Harry se ocupa de los servicios turísticos de Finn's Fisheries –explicó Michael–. Y yo de las operaciones comerciales.

Lucy asintió, entendiendo por qué Harry iba vestido de aquella manera.

Sabía que Finn's Fisheries era una inmensa franquicia con locales por toda Australia. No solo vendían los mejores aparejos de pesca del mercado, sino también trajes de baño, shorts, camisetas y sombreros. Su gama de productos era de primer nivel y Ellie le había contado que Michael era un negociador muy hábil.

También conocía los servicios que ofrecían a los turistas, habiendo sido ella misma una guía turística. La empresa contaba con una flota de embarcaciones de recreo para todos los gustos y presupuestos, desde lanchas motoras para realizar inmersiones en la Gran Barrera de Coral hasta barcos de pesca deportiva. Y para los más ricos, el exclusivo complejo de Finn Island, una isla de ensueño en la que Lucy nunca había estado pero que le encantaría conocer.

Harry no podía ser tan irresponsable si tenía a su cargo un negocio semejante. Su camiseta blanca con el pez tropical tenía estampado el logo de Finn Island bajo el hombro izquierdo, y Lucy se preguntó si habría estado allí esa misma mañana. Si Michael y ella intimaban lo suficiente, tal vez la llevara a la isla...

No podría haberse imaginado una situación más emocionante... Ellie y Harry, ella y Michael. La conversación transcurrió en un ambiente alegre y distendido.

Ellie se relajó tanto que incluso se tomó un segundo Margarita. Al fin y al cabo, no se cumplían treinta años todos los días.

Lucy quería que su hermana pasara el mejor día posible.

Y aquello casi la llevó a cometer un error fatal...

En cuanto estuvieron sentados en el restaurante, y sin esperar a que los demás empezaran a comentar los platos del menú, Lucy se animó a adivinar lo que iba a pedir su hermana.

–¿El qué? –preguntó ella, arqueando las cejas.

–Chile con relleno de cangrejo.

–No lo veo en el menú –dijo Michael.

–No he mirado la carta... –respondió ella rápidamente, reprendiéndose en silencio por ser tan idiota.

Si un hombre tan inteligente como Michael Finn descubría su dislexia, perdería todo interés en ella en un abrir y cerrar de ojos. Para impedirlo, no solo tendría que disimular su minusvalía, sino también su estúpido error.

–¿Qué vas a tomar tú, Michael? –preguntó mientras fingía leer el menú.

–Bistec.

–¿Qué tal si compartimos una bandeja de marisco, Elizabeth? –le propuso Harry, inclinándose para señalar el contenido en el menú–. Lleva cangrejo, y podemos picar lo que nos guste.

A Lucy cada vez le gustaba más Harry. No solo se preocupaba por los gustos de su hermana, sino que se ocupaba él mismo de elegir la comida.

–Harry se lo comerá todo –advirtió Michael.

Su hermano levantó una mano en un gesto muy serio.

–Te juro que te dejaré probar cada bocado.

–Muy bien –aceptó Ellie. Cerró el menú y le dedicó una sonrisa.

–¿Un beso para sellar el acuerdo? –sugirió él, y se arrimó a ella para besarla en la mejilla.

–Reserva esa boca para comer, Harry –espetó ella.

–Me muero por que llegue el día en que pueda comerte entera, Elizabeth...

–Tendrás que esperar al Día del Juicio Final, por lo menos.

–Con las puertas del Cielo abriéndose para mí...

Lucy no pudo evitar una carcajada.

Ellie soltó un profundo suspiro y sacudió la cabeza.

–No tienes remedio.

–Un hombre ha de hacer lo que tiene que hacer –declaró él, haciendo reír aún más a Lucy.

Era realmente divertido. Pero seguramente Ellie se resistía a sus encantos para no hacerle pensar que era una chica fácil.

La elección del marisco para dos, sin embargo, obligaba a Lucy a pedir lo mismo que Michael.

A Michael le hacía gracia el implacable asalto de Harry a las defensas de Elizabeth, y la férrea resistencia que ella ofrecía a sus encantos. Normalmente, las mujeres caían rendidas a los pies de Harry, pero en aquella ocasión tendría que emplearse a fondo para conquistar a Elizabeth. Y mientras los dos libraban su duelo particular, él seguía libre para perseguir su objetivo con Lucy.

Aquella mañana se había llevado una gran sorpresa al ver a Elizabeth con una bonita blusa holgada, una prenda nada habitual en ella. Le había explicado que se trataba de un regalo de cumpleaños de su hermana, y que las dos eran tan distintas como el día y la noche. No le había mentido. Elizabeth era como una severa institutriz, mientras que Lucy era una explosión de luz y exotismo, una mariposa de alegres colores que revoloteaba de trabajo en trabajo, saboreando el néctar de cada flor y llenándose la vida con todas las experiencias posibles.

Incluyéndolo a él.

La cabeza seguía dándole vueltas por la respuesta tan entusiasta y desinhibida de Lucy. Nada de juegos, disimulos ni insinuaciones. Simplemente ella, mostrándole su sincero interés y haciéndole ver que lo encontraba tan sexy como él a ella. Con una mujer así resultaba extremadamente difícil contener la excitación.

Pensó en Fiona Redman, su ex más reciente, a quien le encantaban los juegos de poder femenino. Ni siquiera el sexo compensaba la irritación provocada por sus continuas exigencias y expectativas. Ninguna mujer iba a decidir cuándo debería trabajar y cuándo no. El éxito de Finn Franchises había sido la prioridad en su vida desde la muerte de su padre, y nada ni nadie iba a cambiar eso.

Sin embargo, estaba dispuesto a sacar tiempo de donde fuera para satisfacer aquel deseo salvaje por Lucy. La atracción no duraría mucho, y la novedad pronto dejaría paso al hastío o la irritación. Nunca había dado con la fórmula mágica para que una relación perdurase, y siempre encontraba un fallo u otro que suponía el final. Tal vez el fallo estuviera en él, pero en cualquier caso iba a disfrutar de aquella mujer mientras la encontrase atractiva.

El camarero volvió para tomar nota, y Lucy pidió

lo mismo que él. ¿Acaso querría compartirlo todo? Estar con ella resultaba tremendamente estimulante, sobre todo cuando lo miraba con sus grandes ojos marrones con motas doradas ardiendo de calor.

–Antes me dijiste que las clases de baile te impedían hacer deporte, Michael. ¿Qué deporte practicabas?

–Bastantes... Críquet, béisbol, tenis, fútbol, rugby...

–¿Ya no?

–Sigo jugando al tenis de vez en cuando, y un par de veces a la semana me relajo con un partido de squash. ¿Y tú? ¿Practicas algún deporte?

–Al igual que tú, juego al tenis de vez en cuando. En la escuela hacía atletismo.

–¿Salto de altura?

–¿Cómo lo sabes? –preguntó ella, muy sorprendida.

–Tienes las piernas muy largas y bien torneadas.

Y estaba impaciente por tenerlas en torno a su cintura.

–Tú también estás en buena forma –respondió ella con un excitante brillo en la mirada–. También juego al netball con un grupo de amigas una vez a la semana. Me gusta mantener el contacto con mis amigas. Los hombres van y vienen, pero las verdaderas amistades permanecen para siempre.

–¿No tienes amigos varones?

–Algunos gays. Son encantadores. Muy comprensivos y cariñosos.

–¿Ningún hetero?

Los hoyuelos aparecieron en las mejillas de Lucy al esbozar una sonrisa provocadora.

–Bueno... tarde o temprano todos los heteros se convierten en sapos.

–¿Sapos? –repitió él.

–Has aparecido inesperadamente en mi vida, y todo indica que eres un príncipe entre hombres.

Un príncipe... Aquello sí que alimentaba su ego.

–Pero ¿cómo puedo saber que no te convertirás en un sapo mañana?

–Ah, ya veo. Los hombres con los que has estado no han cumplido sus promesas.

Ella se encogió ligeramente de hombros y la manga de la blusa descendió por el brazo.

–Esas cosas pasan... Espero no llevarme una desilusión contigo, Michael.

El desafío que ardía en su mirada avivó el calor que le abrasaba la ingle. Estaba listo para el reto, y se preguntó cuánto se alargaría aquel almuerzo de cumpleaños. Primer plato, postres, café... Otra hora y media, como mínimo. Luego le daría a Elizabeth el resto de la tarde libre, se llevaría a Lucy a su ático y...

–¿Tienes que volver al trabajo esta tarde? –le preguntó, asaltado por la duda.

–Sí, así es –respondió ella con pesar–. Tengo que llevar las cabezas de los ángeles al mampostero, devolver la furgoneta a la oficina, visitar a unas personas a las que les han enterrado un familiar en el nicho equivocado y convencerlas de que es un lugar tan bueno como cualquier otro.

–Un trabajo difícil –dijo él.

–No tanto. Solo tengo que hacerles ver a los padres lo terrible que sería exhumar el cadáver de su hija.

El tono de su voz, preocupado y compasivo, insinuaba que aquella mujer tenía un corazón de oro además de un cuerpo diez.

–¿Estás libre esta noche? –no podía ni quería esperar más tiempo para estar con ella.

–Sí.

Su prometedora sonrisa endureció aún más la dolorosa erección de Michael.

Por suerte, el camarero llegó en aquel momento con los platos y la conversación derivó hacia la comida mientras daban buena cuenta de sus bistecs con espárragos, salsa Bearnaise y patatas asadas.

A Lucy le encantaba cocinar y experimentar con los ingredientes. Tanto mejor, pensó Michael. Estaba impaciente por disfrutar de muchas comidas con ella. El entusiasmo de Lucy era contagioso y la convertía en una compañía deliciosa. Se estaba preguntando si alguna vez habría cocinado ancas de rana al despedirse de un sapo cuando Harry le llamó la atención.

–Mickey, tengo la solución al problema de la isla.

Aquella mañana Harry había ido a verlo para informarlo de que el gerente del centro turístico de la isla se estaba enriqueciendo a costa de la empresa. Michael frunció el ceño por la interrupción. No quería hablar de negocios con su hermano cuando tenía que concertar una cita con Lucy.

–Tienes que despedirlo, Harry –era el mismo consejo que le había dado antes–. No puedes dejar que se quede. Los daños potenciales son...

–Ya, ya lo sé. Pero es mejor despedirlo cuando tengamos a alguien que lo sustituya. Así podremos echarlo sin más discusión.

¿Por qué demonios insistía Harry en tener allí aquella conversación?

–Estoy de acuerdo –dijo con impaciencia–. Pero

aún no tienes a un sustituto, y cuanto más tiempo permanezca en su puesto...

–Elizabeth. Es la persona idónea para el puesto. Digna de confianza, meticulosa en su trabajo y sobradamente capacitada para manejar cualquier situación.

Michael estaba perplejo. ¿Su hermano había perdido el juicio hasta el punto de mezclar el placer con los negocios? ¿Se sentiría realmente atraído por Elizabeth?

–Elizabeth es mi secretaria –declaró tajantemente.

–Yo la necesito más que tú en estos momentos –insistió Harry–. Préstamela durante un mes. Así tendré tiempo para entrevistar a otras personas.

–Un mes... –Michael frunció el ceño, pensativo. Harry tenía razón. Necesitaba encontrar rápidamente un sustituto para Sean Cassidy.

–Aunque también es probable que Elizabeth quiera seguir en el puesto una vez que le pille el tranquillo.

Michael lo fulminó con la mirada.

–No vas a robarme a mi secretaria.

–Es ella quien tiene que elegir, Mickey –repuso Harry–. ¿Qué dices, Elizabeth? ¿Me ayudarás durante un mes a llevar el complejo? El encargado al que vamos a echar ha estado amañando los libros de contabilidad para llenarse los bolsillos. Tendrás que hacer un inventario completo y cambiar a los proveedores con los que ha estado haciendo chanchullos. Sería un desafío para ti, y...

–Espera un momento –interrumpió Michael–. Me corresponde a mí preguntárselo, no a ti.

–Está bien. Pregúntaselo.

Michael suspiró con resignación. No le gustaba nada que lo presionaran.

–Es cierto –admitió a regañadientes–. Nos serías de gran ayuda si te ocuparas del centro. Confío plenamente en tus habilidades para manejar la situación, y también en tu integridad. Odio tener que prescindir de ti por un mes, pero... –torció el gesto ante la perspectiva de perder a su mano derecha– supongo que habrá alguien del personal que pueda reemplazarte.

–Andrew Cook –le sugirió ella al instante, lo que significaba que ya había tomado la decisión con Harry.

–Es muy pesado, y no tiene iniciativa –dijo Michael.

–Pero trabaja diligentemente y puede desempeñar cualquier tarea que se le pida –arguyó Ellie.

–Lo tomaré como una respuesta afirmativa –observó Harry con una sonrisa de oreja a oreja.

Ella le lanzó una mirada de advertencia.

–Estoy dispuesta a asumir el reto de resolver los problemas del centro y nada más, Harry.

Michael celebró en silencio que Elizabeth no quisiera mezclar el placer con los negocios. Si Harry tenía otras ideas en la cabeza se llevaría un gran chasco. Y le estaría bien empleado, por obligarlo a aguantar a Andrew Cook durante un mes.

–Pues ya está todo dicho –aceptó con resignación.

–¡Un mes! –exclamó Lucy–. Te echaré de menos, Ellie.

Michael se animó al contemplar la situación desde una nueva perspectiva. Sin la constante presencia de su secretaria, tendría el camino libre para seducir a su hermana... Un mes sería tiempo suficiente para dar rienda suelta a sus deseos. Cuando Elizabeth volviera a la oficina todo sería historia entre ellos.

–El tiempo pasará muy rápido –le aseguró Elizabeth a Lucy.

El camarero se llevó los platos vacíos y sirvió los postres.

–Tenemos que solucionar esto rápido –murmuró Harry mientras atacaba su pastel de chocolate.

–Lo antes posible –corroboró Michael, impaciente por quedarse a solas con Lucy.

–Hoy –decidió Harry, mirando su reloj–. Son las tres. Podemos estar en la isla a las cuatro y media y meter a Sean en un helicóptero a las seis. Saldremos de aquí en cuanto acabemos los postres y...

–Es el cumpleaños de Elizabeth, Harry –le recordó Michael–. Seguramente tenga otros planes.

–No, no. Por mí no hay ningún problema para salir hoy –aseguró ella.

¡Genial!

–¿Y qué pasa con tu equipaje? –preguntó Lucy–. Te vas por un mes, Ellie.

–Podrías encargarte tú, Lucy –propuso Harry–. Mickey puede llevarte a casa, esperar mientras haces las maletas y encargarse de que las transporten a la isla.

–Por supuesto –dijo Michael, sonriéndole a Lucy–. Te daré mi número de teléfono. Avísame cuando hayas acabado y me pasaré por tu apartamento esta noche.

Estaría allí ella sola... ¡Perfecto!

Los ojos de Lucy destellaron de placer, y sus labios se curvaron en una sonrisa sensual y prometedora.

Michael decidió que le daba igual lo que Harry hiciera con Elizabeth.

Él tenía muy claro lo que iba a hacer con Lucy...

Capítulo 5

LUCY estaba nerviosa, y mucho más excitada de lo que normalmente estaba en una primera cita. Lo cual era, seguramente, la razón de su nerviosismo. A eso había que añadir el dato de que Michael Finn pertenecía a una clase social con la que ella nunca había tenido el menor contacto. Lo más probable era que Michael solo quisiera una aventura, algo que ella aceptaría sin pensárselo dos veces.

Independientemente de cuáles fueran sus intenciones, ella quería estar con él. Una Cenicienta podía conseguir a su príncipe. Los milagros podían ocurrir. Y, si no, siempre podría conformarse con satisfacer sus deseos carnales. Michael Finn no era el primer hombre que la atraía sexualmente, pero desde luego era el que más la excitaba.

Solo con pensar en él apretaba inconscientemente los muslos. Mientras se duchaba se tocaba por todo el cuerpo y se imaginaba cómo sería sentir las caricias de sus manos en la piel desnuda. Y, mientras preparaba la ensalada tailandesa para acompañar los langostinos que había comprado de camino a casa, seguía contrayendo los músculos.

Michael llegaría pronto. El apartamento estaba pulcro y ordenado y la mesa estaba preparada. Lucy se había puesto un vestido amarillo con un cinturón que podía desabrocharse fácilmente, y debajo llevaba su conjunto de lencería más sexy. No lucía ninguna joya, pues no quería que nada se interpusiera entre ellos, y su único adorno era una flor de franchipán que había recogido en el jardín y que se había colocado en el pelo.

Se imaginó a Michael con unos pantalones cortos y un polo con el cuello abierto que podría quitarse en un segundo. ¿Tendría vello en el pecho? Lucy confío en que no demasiado, pero algo sí debía de tener, siendo una montaña de testosterona con una espesa cabellera negra. Tal era su impaciencia por verlo y tocarlo que no podía tener las manos quietas.

El timbre de la puerta sonó.

El corazón casi se le salió del pecho.

«Por favor, que esta noche sea un príncipe», rezó desesperadamente. «Que no diga ni haga ninguna tontería. Quiero que esta noche todo sea perfecto».

El deseo que la recorría por dentro hizo que le temblaran las piernas de camino a la puerta. Al abrirla, ahogó un gemido al volver a verlo, arrebatadoramente atractivo y con un brillo de regocijo en sus ojos gris plateado.

–Hola... –consiguió saludarlo a pesar del nudo que le oprimía la garganta.

Él le dedicó una sonrisa letal.

–Llevo esperando este momento desde que nos separamos esta tarde –le dijo con una voz profunda y sensual.

–Yo también –admitió ella, devolviéndole la sonrisa–. Pasa.

Llevaba pantalones cortos y una camisa sport blanca y roja, una combinación que realzaba su poderosa virilidad. Al entrar en el salón le ofreció una botella de vino.

–Para acompañar lo que hayas preparado.

–Es una cena ligera –dijo ella, riendo–. Hemos comido mucho en el almuerzo.

–Perfecto... También es un vino ligero.

Y muy bueno, pensó ella al mirar la etiqueta. Oyster By Sauvignon Blanc.

–¿Quieres que la abramos ahora? –preguntó, aunque no necesitaba el alcohol para sentirse embriagada.

–Cuando comamos –dijo él, mirando a su alrededor–. Es un apartamento muy acogedor. ¿Lo has decorado tú misma?

El apartamento era muy simple; constaba de dos dormitorios, un cuarto de baño, salón y cocina americana, pero Lucy estaba muy orgullosa de haberlo convertido en un hogar, y la agradó especialmente la valoración de Michael. Dejó la botella en la encimera de la cocina para señalar algunos objetos con las dos manos.

–Ellie compró los muebles y yo añadí los cojines, los pósteres y la alfombra. Queríamos que fuera un lugar alegre y acogedor, y las paredes y el suelo blancos pedían a gritos un poco de color.

–Lo habéis hecho extraordinariamente bien. Mi madre también tenía muy buen ojo para jugar con los colores.

Que la comparase con su madre era un cumplido enorme.

–Me alegro de que te guste.

Él sacudió ligeramente la cabeza y se acercó a ella.

–No hay nada en ti que no me guste, Lucy.

La vibración de su voz le provocó un vuelco en el

estómago, y el corazón se le desbocó cuando empezó a rodearle la cintura con las manos. La apretó contra él y ella subió inconscientemente las manos a sus hombros. Los ojos grises de Michael ardían con el mismo deseo que a ella la calcinaba por dentro.

–No quiero esperar más –le dijo él en voz baja y apremiante.

–Yo tampoco –respondió ella sin la menor vacilación. Hasta la última célula de su cuerpo ansiaba entregarse a él.

Sus labios ya estaban abiertos y expectantes cuando él inclinó la cabeza para besarla. En cuanto sus bocas entraron en contacto, un torrente de sangre hirviendo se propagó por sus venas e hizo que la cabeza le diera vueltas. Gimió ahogadamente cuando la lengua de Michael le barrió la boca, colmándola de sensaciones increíbles. El beso se hizo más y más intenso, desatando la pasión salvaje que crecía dentro de ella.

Entrelazó las manos en sus cabellos y le agarró posesivamente la cabeza. Él le aferró las nalgas y la apretó con fuerza contra su palpitante erección. Los muslos de Lucy temblaron al empaparse con la humedad que manaba de su interior. Todo su cuerpo pedía a gritos que la hiciera suya.

Él se apartó lo suficiente para tomar aire.

–Lucy... –pronunció su nombre con un gemido de acuciante anhelo.

–Sí... –apenas podía articular palabra–. Vamos a hacerlo.

En un frenético arrebato, se apartó de él y lo condujo al dormitorio.

–Vamos –lo apremió mientras se desataba el cinturón y se quitaba el vestido. Lo arrojó en el sofá y se giró al llegar a la puerta para ver su respuesta a la disipada invitación.

Michael se había quedado inmóvil, con una expresión de incredulidad mientras sus ojos la recorrían de arriba abajo. Detuvo la mirada en las braguitas y el sujetador blancos el tiempo suficiente para que a Lucy se le endurecieran los pezones y un torrente de humedad manara de su entrepierna.

–¿Me deseas? –le preguntó provocativamente. No sabía si estaba acostumbrado a llevar él la iniciativa.

–No sabes cuánto...

La vehemencia de su respuesta le arrancó a Lucy una carcajada de euforia.

Michael se quitó la camisa y la dejó sobre el vestido. Tenía pelo en el pecho... una suave capa de rizos negros en el centro que se estrechaba al descender hacia donde sus manos se desabrochaban rápidamente los pantalones. Fascinada, Lucy observó cómo se los bajaba y terminaba de desnudarse. Su miembro estaba rodeado por más vello, erecto y preparado para la acción.

Pero, por muy excitada que estuviera, Lucy jamás se olvidaba de tomar precauciones. Le agarró la erección y acarició suavemente su piel tersa y sedosa mientras lo miraba a los ojos.

–Necesito que te pongas un preservativo, Michael.

–Por supuesto –aceptó él, y agarró los pantalones para sacar un envoltorio del bolsillo–. He venido preparado... ¿No tomas la píldora?

Ella le puso la otra mano en el pecho y la extendió sobre el vello.

–Sí, pero la píldora no protege de todo –lo miró

con inquietud–. No sé con quién has estado antes de mí.

Él frunció el ceño.

–Te aseguro que estoy sano.

–Me encantaría creerte, pero no pondré en riesgo mi salud.

–De acuerdo –aceptó él con una mueca, y le acarició la mejilla con una expresión amable–. ¿Has estado con un sapo que te haya mentido?

Ella sonrió.

–No. Simplemente soy precavida.

Él también sonrió.

–Está bien. Mañana mismo iré a hacerme unos análisis. ¿Podremos hacerlo sin preservativo cuando veas los resultados?

Aliviada y satisfecha, Lucy le echó los brazos al cuello y se frotó contra él.

–¿Piensas hacerlo más veces conmigo?

–Muchas más veces –le aseguró él.

Lucy se puso de puntillas para besarlo. No cabía en sí de gozo; Michael había aceptado gustosamente sus condiciones y no la veía como la aventura de una noche.

Entonces él tomó la iniciativa y reclamó su boca con renovada pasión.

–Pon los pies encima de los míos, Lucy –le ordenó.

Ella obedeció y él echó a andar sin separar sus cuerpos. El movimiento sincronizado de sus piernas le hizo sentir la tensión de los poderoso muslos de Michael y de la recia musculatura contra la que frotaba sus pechos. Se moría por estar completamente desnuda y sentir su virilidad por todas partes.

Entraron en la habitación y Michael le desabrochó

el sujetador con una mano. Impaciente por hacer desaparecer todas las barreras, Lucy se apartó para terminar de quitárselo y arrojarlo a un lado, antes de hacer lo mismo con las braguitas.

Michael tampoco perdió el tiempo. Desgarró el envoltorio y se colocó el preservativo. Los dos se miraron unos instantes, deleitándose con la erótica imagen que ambos exhibían. A Lucy le parecía estar ante un hombre perfecto, y el brillo en sus ojos grises le decía que también él la consideraba perfecta.

Él la sorprendió al levantarla y estrecharla contra su pecho. La habitación era muy pequeña y la cama quedaba a un par de pasos.

—Haces que salga el cavernícola que hay en mí...

Ella se rio, encantada con la excitación que le estaba demostrando. Y cuando la llevó a la cama, también ella se vio invadida por la misma excitación y le rodeó posesivamente las caderas con las piernas.

«Tómame». El deseo resonaba en su cabeza y por todo su cuerpo. Se moría por recibirlo en su interior, y afortunadamente él no la hizo esperar. Se hundió en ella y le arrancó un gemido ahogado al sentirse plena y totalmente colmada.

Se aferró a él con todas sus fuerzas, desesperada por mantenerlo dentro de ella, llenando su doloroso vacío, prolongando aquel instante sublime.

—Michael... —pronunció su nombre con voz jadeante. El hombre que compartía el mágico momento con ella.

—Abre los ojos, Lucy.

No se había percatado de que los tenía cerrados, acaparando ella sola las increíbles sensaciones que la envolvían. Pero quería compartirlo todo con él. Abrió los ojos y se encontró con una mirada intensa y feroz que pugnaba por traspasarla.

–Mantenlos abiertos.

Y ella así lo hizo, observándolo fijamente mientras él imprimía un ritmo cada vez más acelerado, entrando y saliendo de ella hasta que una mezcla imposible de placer, excitación y máxima tensión la hizo arquearse y retorcerse con una pasión delirante e incontenible. Gritó, gimió y jadeó, y clavó los dedos en la fuerte espalda de Michael sintiendo cómo el corazón estaba a punto de estallar.

–Sí... –murmuró él entre dientes, y los ojos le ardieron con una ferocidad salvaje al penetrarla hasta el fondo por última vez. La tensión llegó al límite y una oleada tras otra de espasmos y convulsiones la barrieron por completo.

–Sí... –repitió ella con un gemido, y sintió cómo él también se estremecía al alcanzar el clímax. Y cuando Michael se derrumbó sobre ella fue como si sus corazones latieran sincronizadamente, dando fe de su unión total.

Nunca había estado con un hombre como Michael Finn.

Quería que aquel momento durase para siempre.

Pero era imposible.

Lucy la Chiflada, que era como la llamaban los otros niños en la escuela, no era lo bastante buena para retener a un hombre como Michael Finn. Por eso debía aprovechar el momento, vivirlo al máximo y atesorar el recuerdo que la acompañaría toda su vida.

Capítulo 6

CIELOS...
Durante largo rato fue la única palabra que resonó en la mente de Michael. Consciente del peso que estaba soportando Lucy, se había girado de costado, pero sin despegar sus cuerpos. Y ella lo había rodeado con una pierna como si también quisiera mantener la conexión. Sus increíbles pechos se aplastaban contra su torso y su cálido aliento le acariciaba el cuello.

Era fabulosa.

Ninguna otra mujer se había mostrado nunca tan descarada y desinhibida. El corazón empezó a latirle con fuerza otra vez al recordar cómo se había quitado el vestido amarillo, revelando un apetitoso trasero apenas cubierto por una prenda de encaje blanco.

Tan impactado se había quedado por la imagen que se habría olvidado de los preservativos si ella no hubiera sacado el tema. Y menos mal que lo había hecho... La precaución nunca era poca. Y, si bien era cierto que no había nada serio entre ellos, aún lo era más que iban a compartir muchos, muchísimos momentos como el que acababan de vivir. Se haría los análisis médicos lo antes posible, de manera que pudiera olvidarse de los preservativos y disfrutar plenamente de Lucy Flippence.

La hermana de su secretaria.

El mejor consuelo posible por tener que prescindir de Elizabeth durante un mes.

Lucy suspiró y lo miró con una expresión de deleite en sus grandes ojos marrones.

–Ha sido fantástico, Michael.

–Y que lo digas.

–¿Nos duchamos juntos?

–Nada me gustaría más.

Ella se rio y se levantó de la cama.

–Voy a abrir los grifos. No tenemos un grifo monomando en la ducha y hay que ser un ingeniero de cohetes para conseguir la temperatura adecuada. No quiero que te achicharres ni que te congeles...

Michael la siguió riendo al cuarto de baño. Aquella chica radiante como el sol lo hacía sentirse más vivo y exultante de lo que nunca había estado.

Compartir la ducha fue otra delicia increíblemente erótica. Acariciarse y enjabonarse mutuamente, llenarse las manos con sus pechos perfectos, endurecerle los pezones con los dedos... Sus aureolas lo fascinaban tanto que no tardó en tener otra erección.

–Mmm –murmuró ella, mirando su miembro desde arriba–. Será mejor que antes hagamos lo que debemos hacer o no lo haremos nunca.

–¿Y qué tenemos que hacer? –le preguntó él, dándole un beso en la frente.

–Hacer la maleta para Ellie, abrir la botella de vino y cenar lo que he preparado.

–Muy bien –aceptó él. No le importaba esperar, sabiendo lo que vendría después–. Elizabeth no necesitará mucha ropa, ya que llevará el mismo uniforme que Harry: pantalones cortos y camiseta con el logo de Finn Island.

–Entonces meteré sus útiles de aseo, maquillaje, ropa interior... –enumeró Lucy mientras salía de la ducha y agarraba unas toallas–. Pijama, camisón, un caftán precioso que le compré para estar por casa... –sonrió–. Seguro que a Harry le encanta.

–No sé si es prudente que Harry la vea con ese caftán.

El comentario provocó una mirada ceñuda de Lucy.

–¿No crees que Harry sea bueno para ella?

–No he dicho eso...

–¿Entonces qué? No quiero que Ellie sufra.

–Simplemente tengo la impresión de que no le gusta mi hermano ni sus intentos de seducción.

–Puede que aún no confíe en él. Hace dos años lo pasó muy mal por culpa de un tipo, y desde entonces ha renegado de los hombres. Harry tendrá que esforzarse a fondo para conquistarla, pero es indudable que Ellie se siente atraída por él –se envolvió con la toalla y se la ajustó sobre los pechos.

–¿Y tú? –le preguntó él, envolviéndose la cintura con su toalla.

–¿Yo qué?

–¿Cuánto hace que no tienes pareja?

–Un par de semanas –respondió ella mientras salía del baño.

–¿No te afectó la ruptura?

–En absoluto. Cada vez me gustaba menos, hasta que decidí romper.

Entró en otro dormitorio, seguida por Michael, y abrió un armario del que sacó una maleta no muy grande.

–Con esta debería bastar –dijo mientras la colocaba

sobre la cama y le señalaba una silla frente a un ordenador–. Siéntate mientras hago la maleta.

Él se sentó y se fijó en que la habitación de Elizabeth era muy distinta a la de Lucy. Mucho más sobria
y ordenada, sin vivos colores ni objetos desperdigados
por doquier.

–¿Por qué rompiste con él? –sentía curiosidad por
saber qué cosas no le gustaban a Lucy de un hombre.

Ella puso los ojos en blanco.

–Se estaba volviendo un obseso del control y quería hacerlo todo a su manera. Según lo veo yo, una relación tiene que ser como una calle de dos carriles. No
permito que nadie me diga lo que debo hacer ni qué
ropa llevar, y mucho menos que respondan por mí
cuando alguien me hace una pregunta.

–Veo que no te respetaba como persona –dedujo
Michael. Le gustaba la feroz defensa que Lucy hacía
de su personalidad.

–Y tú, ¿cómo es que no estás con nadie? –le preguntó ella a su vez, volviendo al armario para sacar la
ropa.

–No le dedicaba suficiente atención a la última mujer con la que estuve. Insistía en que debía trabajar
menos y pasar más tiempo con ella.

–No respetaba tu trabajo –dedujo ella con una sonrisa y los brazos cargados de ropa.

–Demasiado egoísta.

–Al principio todo parece genial, pero luego se em-
pieza a ir cuesta abajo. Hagamos un trato... Yo no intento cambiarte y tú no intentas cambiarme. Si no con-
geniamos tal y como somos, seguimos cada uno por
nuestro lado y tan amigos.

–Por mí estupendo.

No quería cambiar nada de Lucy Flippence. Su carácter directo y espontáneo era un auténtica delicia. Su último novio debía de haber sido el típico imbécil que quería atrapar una mariposa, meterla en una botella con veneno y clavarla en una tabla para que no pudiera volar nunca más ni atraer otras miradas. Había hecho bien en librarse de él.

–Voy a por las cosas de aseo al baño. Espérame. Enseguida vuelvo.

Era extraño estar en la habitación de su secretaria. Se sentía como si estuviera invadiendo su vida privada, de la cual no había sabido nada hasta que Lucy le contó algunas cosas. Confiaba en que Harry fuera cuidadoso con Elizabeth y no tratara sus sentimientos a la ligera.

Quizá fuese buena idea hacer un viaje a la isla para comprobar qué pasaba entre ellos. Al cabo de un mes quería recuperar a Elizabeth, y tal vez no fuera posible si su hermano intimaba con ella más de la cuenta.

Lucy volvió a la habitación con las cosas del baño.

–¿Estás libre el fin de semana? –le preguntó él.

–Como un pájaro –respondió ella alegremente.

«O como una mariposa», pensó Michael.

–Podríamos ir a la isla Finn, ver cómo le va a tu hermana y disfrutar de las instalaciones.

El rostro de Lucy se iluminó y batió las palmas con entusiasmo.

–Me encantaría.

–Llamaré a Harry mañana para prepararlo todo.

–¡Estupendo! Nunca he estado en la isla. ¿Tú vas a menudo?

–No. Harry se ocupa de todo lo relacionado con la isla.

–No me refiero al trabajo.

–¿Al placer?

–Sí. Supongo que debe de ser un lugar muy romántico.

Michael se rio.

–Con la compañía adecuada, tal vez. De lo contrario, no es un paraíso precisamente.

–Bueno, espero que para nosotros sí lo sea –dijo ella mientras terminaba de cargar la maleta–. Creo que Ellie tendrá suficiente con esto. Si necesita algo más puede decírmelo el fin de semana –cerró la maleta y le sonrió a Michael–. Y, ahora, a cenar.

La cena fue exquisita, a base de langostinos con salsa tailandesa, jengibre y chile, y una jugosa ensalada. Lucy comía con apetito y era realmente erótico observarla. Irradiaba un entusiasmo por los placeres más simples de la vida, algo que a Michael le había faltado desde la muerte de sus padres.

Después de recoger la mesa, volvieron al dormitorio a hacer el amor. A Michael le encantaba la desinhibición total de Lucy, su sensualidad innata, la exquisita delicadeza de sus caricias... La besó, lamió y saboreó a conciencia, deleitándose con sus respuestas. Tuvo que emplear toda su fuerza de voluntad para contenerse hasta que ella le suplicó que la tomara y, cuando lo hizo, la llevó a un orgasmo compartido aún más intenso que el primero.

Una sensación triunfal, de satisfacción salvaje, lo invadió al provocarle a Lucy un deseo y un placer extremos. Y, cuando finalmente le dio un beso de buenas noches, permaneció flotando en un mar de gozo. No sabía qué les depararía el futuro, y tampoco le importaba. Tenía el propósito de aprovechar lo que pudiera hasta que todo se acabara.

Capítulo 7

LUCY estaba en el séptimo cielo. Michael había querido estar con ella toda la semana. Incluso el miércoles por la noche, cuando ella jugaba al netball con sus amigas, se había presentado en el gimnasio para verla en acción y había aceptado de buen grado que lo presentara a un grupo de mujeres sudorosas. Hasta el momento había sido el amante perfecto. Era atento, encantador y muy divertido, y al día siguiente iba a llevarla a la isla Finn.

El corazón le latía con fuerza mientras caminaba por la Esplanade, esperando con emoción la cita de aquella noche. Michael tenía que trabajar hasta tarde y le había sugerido que se encontraran a las ocho en el Danini's, un restaurante italiano muy chic. Afortunadamente había reservado mesa, porque los turistas abarrotaban las calles, locales y terrazas.

–¿Quieres sentarte dentro o fuera? –le había preguntado antes de hacer la reserva.

–Fuera –prefería la brisa marina al aire acondicionado y el bullicio de la calle a estar recluida en un comedor. Le gustaba observar a la gente, y así no se aburriría si tenía que esperar a Michael.

No tuvo que esperar nada, porque cuando llegó a Danini's, cinco minutos antes de las ocho, Michael ya estaba sentado a la mesa.

–Has llegado muy pronto –dijo ella con una alegre sonrisa.

–Tú también –le devolvió la sonrisa y se levantó para retirarle la silla de la mesa.

–No quería perder ni un minuto de nuestro tiempo...

–Yo tampoco.

Lucy se sentó, con el corazón henchido de felicidad. Una piña colada la estaba esperando en la mesa.

–¡Has pedido mi bebida favorita! Gracias, Michael.

–A tu servicio –repuso él, sentándose frente a ella.

Era un hombre maravilloso. Un auténtico príncipe, pensó Lucy mientras agradecía a su buena fortuna haberlo encontrado. Era una experiencia que atesoraría el resto de su vida.

Él le entregó un menú, lo que volvía a ponerle en un aprieto.

–¿Has decidido ya lo que vas a pedir? –le preguntó ella.

–*Scallopine* de ternera.

–Tomaré lo mismo.

–¿Y de postre?

Ella cerró el menú y le sonrió.

–Me fijaré en lo que piden los demás y veré qué tiene mejor aspecto.

Él se rio y dejó también su menú, satisfecho con la decisión de Lucy. Un camarero llegó a tomarles nota y volvió a marcharse, dejándolos que disfrutaran de su mutua compañía.

–El sábado por la noche hay un baile benéfico en el casino –le dijo Michael–. Compré las entradas hace meses, más por contribuir que por tener intención de asistir, pero podemos acompañar a un grupo de amigos míos si quieres venir y bailar conmigo.

–Me encantaría bailar contigo –dijo ella honestamente. Conocer a sus amigos de la alta sociedad le
causaba un poco de inquietud, pero la invitación era
la prueba de que Michael quería pasar otra semana
con ella.

–En ese caso, será un placer asistir –declaró él.

Lucy se convenció de que la invitación demostraba
además que para Michael no era ningún problema pre-
sentarla a sus amistades. Aunque, por otro lado, era
un hombre, y generalmente los hombres no buscaban
defectos en ella. Eran las mujeres quienes podían ser
muy despectivas si consideraban que no encajaba en
su grupo.

Todas sus amigas se habían deshecho en halagos
con él. ¿Y qué mujer no lo haría, si lo tenía absolutamente todo?

Los amigos de Michael, en cambio, la mirarían con
un ojo más crítico.

El baile en el casino demostraría si aquella relación
podía resistir en el mundo de Michael.

Lucy esperaba poder superar la prueba con buena
nota. No solo ella, sino también Michael, quien tendría que integrarla en su grupo de amistades y perma-
necer a su lado para protegerla en caso de dificultades,
como haría un verdadero príncipe. Sería maravilloso
sentirse segura a su lado.

Su madre no había tenido la menor seguridad en su
matrimonio, ni emocional, ni económica ni física, y
Lucy jamás se comprometería con un hombre a menos
que se sintiera segura con él en todos los aspectos. Y
aunque sabía que con Michael sería imposible una relación duradera, al menos le gustaría estar con él más
de lo que solían durarle los hombres.

–Háblame de la gente con la que estaremos en el baile –le pidió con una sonrisa, decidida a estar preparada para conocer a sus amigos.

Michael le habló de una pareja que tenía una empresa encargada de organizar bodas y especializada en el mercado japonés, ya que era mucho más barato casarse en Cairns que en Japón, siendo además un destino tropical. Otra pareja tenía una plantación de café cerca de Mareeba. Una tercera pareja se dedicaba al comercio de nueces de macadamia, mangos y otras frutas exóticas. El resto estaban solteros, pero todos ellos eran prósperos empresarios.

Ninguno de ellos entendería por qué ella cambiaba constantemente de un trabajo a otro. Lucy era consciente de que nunca podría triunfar en ningún campo por culpa de su dislexia. Lo máximo a lo que podía aspirar era disfrutar de lo que tuviera y mientras lo tuviera.

–No voy a encajar en el grupo –le advirtió a Michael–. No tengo nada que ver con ellos.

–¡Por la variedad! –exclamó él, sonriente, y levantó su cóctel en un brindis.

Lucy se relajó. Michael era el único que importaba, y a él le gustaba ella tal y como era.

Llegaron sus platos, con una botella de vino tinto para acompañar la ternera. La carne se deshacía en la boca, y la salsa de champiñones estaba realmente exquisita. Acabada la comida, Lucy se recostó en la silla con un suspiro de satisfacción.

Michael también parecía saciado. Dejó los cubiertos en la mesa y en ese momento Lucy sintió que la estaban observando. Miró a su alrededor con inquietud. Los viandantes pasaban junto a la terraza, ninguno de ellos prestándole atención, pero la sensación persistió y finalmente se fijó en una mesa de una terraza contigua.

El corazón le dio un vuelco al reconocer al tipo del pub irlandés de Port Douglas. La estaba observando fijamente y, cuando sus miradas se encontraron, levantó su cerveza en un gesto burlón y una expresión triunfal se dibujó en su rostro. Estaba con un grupo de hombres, seguramente los mismos con los que había estado en el pub.

Al principio había sido divertido. Habían estado coqueteando con ella y sus amigas y las habían invitado a bailar. Todo muy agradable... hasta que bebieron más de la cuenta. Eran un grupo de hombres bien parecidos que estaban acostumbrados a causar sensación entre las mujeres. No toleraban de buen grado el rechazo y, cuando Lucy y sus amigas los dejaron, empezaron a gritarles insultos y obscenidades.

Lucy se había sentido atraída por el hombre que la miraba desde la otra terraza. Jason... Jason Lester. Tenía un cuerpo moldeado en el gimnasio, ojos azules y una barba incipiente oscureciéndole el mentón. Pero al final de la velada la atracción se había esfumado por completo, y a Jason no le gustó nada de nada que lo rechazara.

Se le tensaron todos los músculos cuando él se levantó, sin apartar la mirada de ella. Un escalofrío le recorrió la columna y agarró rápidamente la mano de Michael.

—Se avecinan problemas.

—¿Qué? –frunció el ceño y miró tras ella buscando el motivo que la disturbaba–. ¿Te refieres a Jason Lester?

–¿Lo conoces?

–Jugaba al fútbol con él de joven.

Lucy no se había imaginado que pudiera haber una conexión entre ellos, pero no tuvo tiempo para preguntarle qué opinaba de Jason.

–Vaya, vaya, mira quién esta aquí –dijo él con una expresión de mofa y lascivia. Miró a Michael, quien se había puesto en pie, y no pareció intimidarse por su superior altura y corpulencia–. Veo que tu fortuna las atrae como la miel a las moscas, Mickey Finn.

–Vigila tus modales, Jason –le advirtió Michael secamente.

–Solo quería avisarte, Michael... Esta abejita que tan dulce parece tiene un aguijón escondido.

–Preferiría descubrirlo por mí mismo –replicó él con frialdad–. Y, ahora, si no te importa...

–La verdad es que sí me importa. Quiero que la abejita me explique por qué me rechazó cuando se ha acostado con la mitad de los hombres de Cairns –sus azules ojos traspasaron a Lucy como dos rayos láser–. ¿Y bien, cariño? ¿Qué tienes que decir?

Lucy se puso roja por el insulto. Que un ser tan despreciable la difamara delante de Michael se merecía una respuesta contundente.

–Hasta una simple ramera tiene sus requisitos, Jason Lester, y tú no los cumples.

–Así que te van los ricos, ¿no? –le echó un último vistazo burlón a Michael–. Solo quería que supieras con quién estás, viejo amigo.

Se marchó y Lucy se quedó helada en el asiento. No solo no había negado la acusación de Jason, sino que además se había llamado a sí misma «ramera». Ninguna de las dos cosas era cierta, pero era posible que Michael comenzara a verla como una sacacuartos que lo había engatusado para llevárselo a la cama la primera noche.

Si Jason Lester y Michael habían sido amigos... Si Michael creía en su palabra... No podía pensar en ello. Ni podía mirar a la cara al príncipe que en esos momentos tal vez se estuviera convirtiendo en sapo.

Michael relajó las manos al ver cómo Jason Lester volvía con sus amigos en el restaurante contiguo. Era muy típico de Lester golpear donde más dolía y correr a esconderse. En el campo de fútbol siempre había jugado sucio, agarrando los testículos a los rivales siempre que podía. En un partido, Harry no pudo soportarlo más y le dio a probar su misma medicina.

No había la menor amistad entre Lester y la familia Finn. Y no se había acercado a su mesa para hacerle ningún favor. Su único propósito era envenenar la relación que había entre Michael y Lucy, movido por una envidia malsana. Michael lo sabía, pero no podía dejar de preguntarse cuánta sinceridad habría en aquel veneno...

«La abejita».

Era un término muy apropiado para Lucy, una mujer dulce y espontánea que revoloteaba de flor en flor cual espíritu libre.

La pregunta que lo inquietaba era cuántos hombres habrían probado su miel. El comentario de Lester sobre su supuesta promiscuidad no habría tenido la menor relevancia, si no fuera por la contestación que le había dado Lucy. Había sido una respuesta impulsiva, fruto de la indignación y el desprecio, pero de repente la actitud natural, directa y desinhibida de Lucy respecto al sexo ya no le parecía tan estupenda.

Durante toda la semana había estado tan obsesionado con el placer que ella le daba que apenas había podido concentrarse en el trabajo. Cada día terminaba antes de la hora habitual, tan impaciente que estaba por volver a verla. ¿Lo habría seducido solo por su dinero? Michael la había visto como una mujer de naturaleza apasionada y sensual que disfrutaba del sexo, pero ¿y si todo fuera una estratagema para aprovecharse de él? ¿Y si lo estuviera engañando?

Miró a Lucy mientras volvía a sentarse. Tenía la mandíbula apretada, el cuerpo en tensión y la mirada fija en una mesa cercana donde el camarero estaba sirviendo el postre. Michael no creía que estuviera pensando lo que iba a pedir, pero decidió fingir que no pasaba nada. El orgullo le impedía mostrarle a Lester su desasosiego.

Alargó el brazo y le tocó la mano para llamarle la atención. Ella giró la cabeza lentamente y con desgana y, cuando alzó la vista, Michael vio sus ojos llenos de angustia.

¿Sería por haberse descubierto... o porque temía que él pensara mal de ella? Era imposible saberlo en aquellos momentos, y Michael no iba a juzgarla con Lester observándolos.

Recuperó la sonrisa y señaló la mesa cercana.

–¿Hay algo que te entre por los ojos?

–¿Qué?

–Dijiste que esperarías a ver lo que pedían los demás de postre antes de decidirte.

–¡Ah! –hubo un instante de incertidumbre, pero su

pétrea expresión dejó rápidamente paso a una sonrisa–. No estaba mirando los postres.

Él le apretó la mano.

–No dejes que Lester te quite el apetito. Me encanta cómo disfrutas con la comida.

La sonrisa de Lucy vaciló.

–Ha sido muy desagradable. Creía que... –lo miró con preocupación y él volvió a apretarle la mano.

–Ya se ha ido, Lucy. No pienses más en él y sigamos pasándolo bien.

–¿Puedes hacerlo?

–Sí –no era del todo cierto, pero le sonrió para aligerar la tensión–. Aunque me alegra que no te hayas acostado con él. Yo también tengo mis criterios, y Lester no los cumple.

–Odio a los hombres abusivos. Mi padre lo era cuando se emborrachaba. Fue un inmenso alivio que nos dejara en paz.

Michael frunció el ceño, preguntándose qué querría decir exactamente con «abusivo».

–¿Era violento? –le preguntó con cautela.

Lucy hizo una mueca de dolor.

–Le pegaba a mi madre. Y era muy malo con Ellie y conmigo. Aprendimos muy pronto a mantenernos alejadas de él cuando se emborrachaba.

Michael no percibió ninguna verdad oculta tras su respuesta y se sintió aliviado de que no hubiera habido abusos sexuales. Pensó en lo afortunado que había sido él al tener los padres que tuvo.

–Nos alegramos mucho cuando se fue a Mount Isa –continuó ella–. Ahora vive allí, trabajando como minero. Pero antes volvía a casa cuando estaba de permiso –volvió a menear la cabeza–. Mi madre nunca debió haberse casado con él, pero se quedó embarazada de Ellie y no le quedó más remedio que hacerlo. Estaba sola, no tenía familia ni nadie a quien acudir, e intentó que a nosotras no nos faltara de nada. No podría haber tenido una madre mejor.

—Me alegra saberlo —dijo él honestamente—. Y siento mucho que tu padre no fuera lo que debería haber sido.

Ella lo miró con curiosidad.

—¡Cómo era tu padre?

—Era genial. Y también mi madre. Harry y yo crecimos en un hogar feliz.

Lucy suspiró.

—Debes de guardar muy buenos recuerdos.

—Sí.

—Y supongo que querrás darles lo mismo a tus hijos.

Perdió la mirada a lo lejos, como si se estuviera imaginando el futuro. Las alarmas sonaron en la cabeza de Michael. Tal vez se habría decidido a intentarlo con ella si Lester no hubiera arrojado sus dardos envenenados. No quería que su futura esposa y madre de sus hijos tuviera fama de ramera.

Por otro lado, había algo en él que se resistía a abandonarla. Nunca había experimentado un placer sexual semejante, y hasta la intrusión de Lester había sido una compañía deliciosa. Michael quería seguir disfrutando de la relación. No buscaba ningún compromiso a largo plazo con ella. Solo quería continuar lo que llevaban compartiendo toda la semana.

El camarero se llevó los platos vacíos y la atención de Lucy se desvió hacia los postres. El resto de la velada fue muy agradable y entretenida y acabó en una sesión de sexo salvaje. Michael había decidido que se limitaría a aprovechar los momentos de placer que compartía con Lucy. No le importaba que ella fuera detrás de su dinero, siempre que siguiera brillando con luz propia. Le gustaba su luz. Lo relajaba. Y lo hacía sentirse feliz.

Capítulo 8

LA ISLA Finn...
Lucy contempló maravillada el idílico paraje mientras se acercaban al muelle donde los esperaba Harry. Habían entrado en una bahía bordeada por una playa de arena blanca y palmeras. Lucía un sol espléndido y el agua era de un reluciente color turquesa. En el centro de la media luna arenosa se levantaban los muelles de madera que conducían a los edificios del complejo. A ambos lados, las villas salpicaban las boscosas laderas.

El paraíso, pensó Lucy, si no fuera por la serpiente que en él habitaba. La noche anterior, Michael le había insistido en que se olvidara de Jason Lester y Lucy así lo había intentado, aliviada al comprobar que el interés de Michael no hubiera decaído. Pero no le gustaba que le diese tan poca importancia a lo que se había dicho. Se temía una reacción negativa por su parte, pero no le parecía natural que no hubiese ninguna reacción en absoluto. A menos que Michael solo quisiera continuar su aventura sexual con ella, sin importarle con cuántos hombres se hubiera acostado.

Se había obligado a que no le importara que Michael solo quisiera una aventura. Pero si la veía como una ramera, o peor aún, una ramera que intentaba aprovecharse de él... Tal posibilidad le resultaba detestable.

La idea se le había metido en la cabeza aquella mañana y no podía sacársela. Se había acostado con casi todos los hombres con los que había salido, pero nunca en la primera noche. Con Michael había sido diferente. La excitación que sentía con él era tan fuerte que ni siquiera se había planteado esperar a conocerse mejor. Había hecho lo que quería hacer, encantada de que el deseo fuera recíproco.

Y nadie la había hecho sentirse como él... Michael la trataba como si fuera lo mejor que le hubiera ocurrido y, desde luego, él era lo mejor que le había ocurrido a ella.

Quizá se estuviera preocupando por nada.

Michael parecía haber disfrutado mucho la noche anterior, y también aquella mañana en la lancha. No dejaba de tocarla, abrazarla y besarla, siempre con un brillo de placer en los ojos. Lucy estaba encantada con sus atenciones y, si pudiera desembarazarse de los temores sobre la opinión que Michael pudiera tener de ella, todo sería perfecto.

Harry ayudó a Michael a amarrar la lancha al muelle y los condujo hasta un carrito de golf para llevarlos a la oficina, donde los esperaba Ellie. El camino serpenteaba a través del bosque tropical, bajo el exuberante dosel que formaban las palmeras, los helechos gigantes, bambúes, hibiscos y otras plantas autóctonas. Lucy se preguntó si a su hermana le gustaría trabajar en aquel ambiente natural, tan distinto al estilo de vida urbano. ¿Le resultaría cómodo y relajante o quizá estuviera viviendo bajo una tensión continua?

Ellie no era una persona que se entregara fácilmente, pero Lucy tenía la esperanza de que dejara entrar en su vida a Harry. Dos años de rigurosa soltería era mucho tiempo. Ellie era demasiado joven para renunciar a los hombres. Las relaciones podían ser muy placenteras, aunque al final todos los hombres se convirtieran en sapos. Lucy decidió que comerían todos juntos. Así podría observar lo que estaba pasando entre Harry y su hermana.

Se bajaron del carrito en una amplia pasarela de madera entre los dos edificios principales. Michael la agarró del brazo y le sonrió con deleite, y a Lucy le dio un vuelco el corazón. Ansiaba ser la princesa de aquel apuesto príncipe, aunque ya sabía que su relación no tendría un final feliz.

Michael quería formar una familia. No se lo había dicho expresamente, pero ella lo había intuido. Y, aunque no sería ella con quien compartiera su futuro, deseaba con todas sus fuerzas que la amara y respetara.

Harry los llevó al despacho de la gerencia. Al verlos, Ellie se levantó desde detrás de un imponente escritorio. Su aspecto era el de una profesional a cargo de todo.

–La isla es fabulosa, Ellie –le dijo Lucy–. Es un lugar maravilloso para trabajar.

–Un paraíso tropical –repuso ella.

Lucy se soltó de Michael para abrazar a su hermana.

–¿No te encanta?

–Espero que no mucho –dijo Michael con un gruñido.

–Ha sido un cambio muy grande –contestó ella, mirando a su jefe como si temiera haberlo puesto en una situación delicada al abandonarlo por un mes. Michael no se había quejado a Lucy, aunque tampoco tenía razones para hacerlo, ya que su relación no tenía nada que ver con su trabajo y era consciente, además, de que Lucy y Ellie eran hermanas.

–Espero que sea positivo –intervino Harry.

–Sí –le aseguró Ellie con una cálida sonrisa, que Lucy interpretó como una buena señal.

–No puedes robarme a mi secretaria, Harry –declaró Michael.

–Como ya te dije, Mickey, la elección es suya.

–Muy bien, chicos, mientras vosotros dos os peleáis por mi hermana, me gustaría que me enseñara donde se hospeda –dijo Lucy rápidamente. Quería tener a Ellie para ella sola–. ¿Puedes ocuparte de la oficina, Harry?

–No hay problema.

–Vamos, Ellie –la apremió, dirigiéndose hacia la puerta–. Quiero verlo todo. Y, a propósito, te queda genial el uniforme de la isla.

Ellie se rio.

–No me puedo comparar contigo.

Lucy llevaba unos shorts vaqueros azul marino, camiseta roja sin mangas y unas zapatillas deportivas también rojas. Lucía unos aros rojos en las orejas y se había recogido el pelo con una cinta elástica roja.

–¿Crees que me he pasado un poco?

–Para nada. A ti te queda bien cualquier cosa.

–Ojalá... –por mucho que le doliera admitirlo, el desagradable encuentro con Jason Lester y su descarada respuesta habían hecho mella en su seguridad y empezaba a cuestionarse si sería una compañía apropiada para Michael en el baile del sábado. La acusación de Jason sobre sus motivos ocultos para seducir a Michael no podía ser más falsa, pero ¿y si los amigos de Michael llegaban a la misma conclusión y pensaban que intentaba cazar a uno de los hermanos Finn por su fortuna?

Elizabeth la hizo pasar al apartamento, pegado a la oficina, y cerró la puerta.

–¿Qué te ocurre? –le preguntó, mirándola con ojos entornados.

–Oh, nada, no te preocupes –se apresuró a asegurarle Lucy. No quería agobiar a su hermana con sus problemas personales. En vez de eso, se puso a examinar el salón. Era luminoso y acogedor, con coloridos estampados tropicales en los cojines, muebles de mimbre y una pequeña cocina en una pared. En la pared de enfrente había un televisor y un equipo de sonido.

–Es precioso, Ellie. Enséñame el dormitorio y el baño.

El moderno cuarto de baño tenía todo lo que una mujer pudiera necesitar, y lo mismo podía decirse del dormitorio y su enorme cama de matrimonio.

–¿Ya las compartido con Harry? –le preguntó con una sonrisa maliciosa.

–La verdad es que no... ¿Vas a decirme qué hay entre tú y Michael?

Lucy levantó las manos.

–¡Todo! Te lo juro, Ellie, nunca había estado tan loca por un hombre. Estoy más enamorada de lo que podrías creer, y es una sensación tan maravillosa como inquietante.

–¿Por qué inquietante?

Porque para Lucy significaba mucho que todo fuera ideal entre ellos, pero no podía ignorar las sombras que la acechaban. Se dejó caer en la cama y miró el techo. Ellie esperaba una respuesta.

–Michael es muy inteligente, ¿verdad?

–Sí.

–¿Y qué pasará cuando descubra que mi cerebro no funciona bien y que soy incapaz de leer y escribir correctamente? Hasta ahora he conseguido ocultarlo, como siempre hago, pero tarde o temprano se dará cuenta de que algo no es normal en mí –miró a su hermana en busca de opinión–. Tú has trabajado dos años con él. ¿Me dejará si le digo que soy disléxica?

Ellie frunció el ceño, pensativa, y sacudió lentamente la cabeza.

–Sinceramente, no lo sé, Lucy. ¿Crees que está enamorado de ti?

–Bueno, está claro que le gusto. No sé si será amor, pero me encantaría que lo fuera y que me quisiera tanto que no le importaran mis defectos.

Ellie se sentó en la cama y suavizó la expresión.

–No debería importarle si realmente te ama. Y deja de pensar en ti como si fueras idiota. Eres una mujer muy inteligente y tienes muchísimos talentos. Cualquier hombre sería afortunado de tenerte.

Lucy dejó escapar un triste suspiro.

–Todavía no quiero que lo sepa. No soportaría si... –miró a Ellie con ojos suplicantes–. No se lo habrás dicho a Harry, ¿verdad?

–No, y no lo haré.

–Necesito un poco más de tiempo y ver si puede funcionar –tenía que aprovechar el momento lo más posible, porque la separación iba a ser muy dolorosa–. Pero ya está bien de hablar de mí. ¿Qué pasa contigo y con Harry?

Ellie se encogió de hombros.

–Digo lo mismo que tú... Necesito más tiempo.

–Pero a ti te gusta.

–Sí.

Era una buena oportunidad para Ellie, quien podría ser una esposa perfecta para Harry y encajar a las mil maravillas en el mundo de los Finn. Era lista, sensata y tenía clase... no como ella, que andaba de trabajo en trabajo y solo vivía para el presente al no poder hacer planes de futuro por culpa de su dislexia.

En la escuela, Ellie había sido siempre la favorita de los profesores. La difícil situación familiar le había hecho sacar el máximo partido a sus capacidades y había despuntado en su carrera universitaria y profesional. Ser la mejor en todo le granjeaba el respeto y la admiración del resto.

Lucy se apoyó en el codo y miró con intensidad a su hermana, mucho más valiosa y digna que ella.

–Prométeme que no dejarás de intentarlo con Harry si las cosas no funcionan entre Michael y yo.

A Ellie pareció sorprenderla su petición, pero era importante aclararlo todo. No sería justo que echará a perder un futuro ideal con Harry por culpa de su lealtad. La idea de que acabaran los cuatro juntos era una fantasía maravillosa, pero no podía olvidarse de la realidad.

–Harry podría ser el hombre adecuado para ti –le insistió–. Es guapo, sexy, rico... y tú le gustas. No quiero ser el motivo que te impida tener un futuro con él. Me haría muy feliz verte feliz, Ellie, pase lo que pase entre Michael y yo.

La confusión y la inquietud se reflejaron en el rostro de su hermana.

–Si tan enamorada estás de Michael, te quedarás destrozada si rompe contigo.

Al ser la hermana mayor, Ellie había desarrollado un exagerado sentido de la responsabilidad que la hacía estar siempre pendiente de Lucy. La había protegido de los abusones en la escuela, se había encargado de todo cuando su madre enfermó, se había sobrepuesto al trauma de su muerte y había luchado contra viento y marea para defender su minúscula familia. Era la roca, el mayor y único apoyo que Lucy había tenido.

Y no iba a permitir que por su culpa perdiera la oportunidad de ser feliz con Harry Finn.

–Lo superaré, como siempre hago –le aseguró–. Tengo mucha práctica –agarró la mano de Ellie y se la apretó–. No te preocupes por mí. Mereces ser feliz, Ellie.

–Y tú también.

–Bueno, puede que las dos lo seamos. ¿Quién sabe? Solo quiero facilitarlos las cosas a ti y a Harry.

Ellie suspiró. Era obvio que deseaba que todo fuese más sencillo, pero las cosas eran como eran y había que aceptarlo.

–De acuerdo –accedió finalmente. Sus ojos brillaban con la determinación que las habían sacado de tantos y tantos apuros–. Pase lo que pase, siempre nos tendremos la una a la otra.

–¡Por supuesto que sí! –corroboró Lucy, aliviada por haber zanjado el delicado tema–. Y ahora vamos a buscar a nuestros príncipes –se levantó de un salto y empezó a dar vueltas alegremente. Era hora de abandonar las sombras y seguir los deseos del corazón sin pensar en el mañana.

Capítulo 9

MICHAEL observó atentamente a Harry y Elizabeth durante la comida. Su secretaria ya no intentaba resistirse y su hermano ya no hacía bromas tontas. Una sonreía con sincero aprecio. El otro lo hacía con una felicidad desbordada.

La situación era preocupante.

Harry estaba ganando.

Tal vez no hasta el punto de seducir a Elizabeth para que se quedara permanentemente en la isla. Ella y Lucy tenían una casa en Cairns y estaban muy unidas. Michael estaba convencido de que Elizabeth volvería a ser su secretaria a final de mes. Y, en cuanto al tonteo con Harry, su secretaria no sería tan imprudente de esperar mucho de él, pues siempre lo había visto como un mujeriego. Era muy improbable que bajara la guardia y acabara enamorándose perdidamente de Harry.

Pensó entonces en sus impresiones iniciales sobre Lucy y su falta absoluta de cautela. Acostumbrado a las mujeres sofisticadas, se había quedado prendado por la aparente honestidad y espontaneidad de Lucy a la hora de entregarse a él sin trucos ni artificios. Pero ¿había sido honesta, o simplemente estaba siendo más astuta que cualquier otra mujer?

La pregunta lo incomodaba e intranquilizaba. Quería que Lucy fuera lo que parecía ser. No estaba acostumbrado a sentir aquel grado de implicación emocional, y no le gustaba; no cuando era posible que estuviera jugando con él. Tenía que zanjar aquella duda y, con un poco de suerte, Sarah y Jack Pickard podrían ayudarlo cuando llevara a Lucy a tomar el té con ellos.

Los Pickard habían sido una presencia constante en su vida y en la de Harry desde que eran niños. Sarah había sido el ama de llaves de sus padres y Jack, el encargado de mantenimiento. Harry los había llevado a la isla para que siguieran desempeñando el mismo trabajo cuando vendieron la casa de su familia.

Eran buenas personas y Michael los quería mucho. Y, lo más importante, confiaba en su instinto. La reacción que tuvieran con Lucy le diría qué clase de persona veían en ella... sin que esa percepción estuviese empañada por el deseo que a él le provocaba.

A Lucy le encantó el restaurante. Era un inmenso comedor abierto a la piscina, la playa y la bahía, rodeado por frondosos jardines tropicales. Las mesas estaban lo suficientemente separadas unas de otras para que todo el mundo pudiera relajarse y disfrutar tranquilamente de una comida y un vino exquisitos y un entorno paradisíaco.

Pero lo mejor de todo era que en su mesa reinaba un humor excelente. Ellie le recomendó algunas de las especialidades del menú para facilitarle su elección, no se advertía la menor tensión entre los hermanos y tampoco entre Harry y Ellie.

Fue un almuerzo fantástico.

Seguido por una tarde todavía mejor.

Michael la llevó a una villa situada en una ladera con vistas a otra playa. Al estar orientada al oeste permitía contemplar la belleza del crepúsculo. Tenía una piscina desbordante al final de la terraza y por dentro era una auténtica maravilla, con muebles de mimbre blanco, cojines a rayas blancas y azules y un cuarto de baño con jacuzzi y provisto de un amplio surtido de sales y aceites corporales.

El dormitorio estaba en la entreplanta y constaba de una cama *king-size,* armarios y aparadores, un banco donde ya estaba su equipaje y mesitas de noche con lámparas de caballitos de mar. También había adornos a base de corales y veneras, una red blanca con un pez hecho de nácar y velas aromáticas de gran tamaño.

–Es maravilloso, Michael –declaró Lucy, girándose sobre sí misma.

Tal vez todo fuera demasiado bueno para ser cierto, pero no iba a desperdiciar un solo segundo del tiempo que podía estar con aquel hombre tan perfecto. Su entusiasmo hizo reír a Michael mientras la seguía al entresuelo, donde esperaba la enorme cama *king-size*.

–¿Podemos dormir una siesta? –preguntó ella.

Él sonrió con un brillo de picardía en sus ojos grises. Sus blancos dientes destellaron en la piel bronceada de un rostro imposiblemente atractivo, tan varonil como el resto de su cuerpo. Llevaba unos shorts azules y grises y una camisa deportiva azul eléctrico. La visión de sus fuertes pantorrillas la hacía estremecerse de deseo.

–Mientras no duermas demasiado...

¡Cuánto amaba a aquel hombre! Le rodeó posesivamente el cuello con los brazos y él la apretó contra su torso.

–Se me ocurre una idea... –le dijo ella–. ¿Y si te doy un masaje? Sería un crimen no usar los aceites corporales que hay en el cuarto de baño, y luego podría lavarte en la bañera...

–Imposible negarse.

–Desnúdate mientras voy por los aceites y una toalla.

Le dio un beso en la boca y se alejó bailando, impaciente por demostrarle lo buena masajista que era. Al volver del baño, se lo encontró desnudo en la cama, de la que había retirado la colcha y los cojines. Lucy se detuvo un momento para admirar su apetitoso trasero. Nunca había visto a un hombre más sexy que Michael Finn, y la excitación le recorrió la piel al pensar en sentir sus músculos bajo las manos.

Él se giró y la pilló mirándolo.

–Veo intenciones lujuriosas –bromeó.

–Solo estaba contemplando tus músculos.

–No es justo. Desnúdate tú también mientras extiendo la toalla.

Ella le dio la toalla, dejó los frascos en la mesilla y se quitó la ropa.

–De acuerdo, ya estoy desnuda, pero no mires y limítate a sentir. Quiero que te tumbes bocabajo, cierres los ojos y me dejes hacer a mí.

–Como desees.

Lucy escogió en primer lugar el aceite con la fragancia más exótica. Se sentó a horcajadas sobre el trasero de Michael y le vertió el aceite por los hombros y la espalda, sonriendo cuando él se estremeció por el frío.

–El calor vendrá después –le prometió, y se deleitó rozándole la espalda con los pechos al inclinarse para dejar el frasco en la mesilla.

–¿Vas a darme un masaje con los pechos? –preguntó él en tono divertido.

–No. Solo me estaba dando un pequeño capricho.

–Por mí puedes darte todos los caprichos que quieras.

Ella se rio y comenzó a masajearle los hombros.

–Estás un poco tenso... Será por pasarte todo el día sentado en una mesa.

–Mmm... Sienta bien –murmuró él–. ¿Dónde aprendiste a hacerlo?

–En el curso de esteticista. Pero son masajes relajantes, más que terapéuticos.

–Adoro tu trabajo, Lucy.

«Adórame a mí», deseó ella mientras seguía acariciándole la piel y sintiendo la fuerza de sus músculos. Le encantaba su físico y no dejó un solo centímetro sin recorrer. Le frotó los brazos, piernas, manos y pies. La piel embadurnada le confería un aspecto de atleta olímpico, y el olor se hacía cada vez más erótico. Le dijo que se diera la vuelta y el corazón se le desbocó al ver su gloriosa erección.

No pudo apartar la mirada de ella mientras se arrodillaba entre sus piernas para masajearle las pantorrillas y los muslos. El impulso de agachar la cabeza y tocarle la punta con la lengua era irresistible...

Michael gimió, abrió los ojos y empezó a repetir su nombre cuando ella se lo introdujo en la boca.

«¡Sí!», pensó, llena de júbilo y excitación por tenerlo en su poder. «Es mío... ¡Es mío!», se repetía una y otra vez mientras un torrente de humedad manaba de su cuerpo.

Michael se incorporó, la agarró y la levantó para

colocársela encima. Ella lo recibió en su interior y lo cabalgó con un frenesí salvaje, desesperada por llevarlo más allá del límite y que barriera cualquier otro pensamiento de su cabeza hasta que solo ella y nada más que ella existiera para él. Un grito de placer y de delirio brotó de la garganta de Michael cuando el orgasmo estalló con incontrolable furor, y ella se retorció sobre él al sentirse invadida por un éxtasis triunfal.

«¡Mío!».

Le cubrió la cara de besos y él la rodeó con los brazos y los hizo girar a ambos para adoptar una postura más dominante y besarla con una pasión voraz, como si quisiera hacerla suya y nada más que suya.

Lucy se abandonó a la incomparable sensación de seguridad que la embargaba. Necesitaba sentir aquello. Tal vez no fuera a durar para siempre, pero en aquellos momentos era maravillosamente real. El deseo de Michael, la deliciosa intimidad que los envolvía, la magia de los cuerpos fundidos en uno solo...

Pura y simple felicidad.

Michael no quería pensar. Tan solo quería perderse en todo lo que Lucy Flippence le daba y le hacía sentir. Era mucho más de lo que nunca había recibido de ninguna otra mujer, y estaba confuso y aturdido por la rapidez con la que había sucedido todo. Solo hacía una semana que se conocían.

La insinuación de Jason Lester sobre los motivos ocultos de Lucy podía ser cierta. Ella misma había dicho que pertenecía a otro círculo social. ¿Lo había visto como un objetivo por el que merecía la pena probar todos los registros? Era una posibilidad inquietante, sobre todo porque Michael se sentía cada vez más atraído por ella.

Nunca había tenido una relación seria. Ninguna mujer le había provocado la misma obsesión que Lucy. A pesar de las dudas, cuanto más estaba con ella, más la necesitaba. Hasta su trabajo se estaba viendo afectado, y eso era algo que nunca antes le había sucedido.

¿Había cambiado algo en él?

¿Había tocado Lucy alguna fibra especialmente sensible y bloqueada hasta ese momento? ¿Había despertado algún anhelo oculto? Desde la muerte de sus padres había empleado todas sus fuerzas en continuar y fortalecer el legado empresarial de su padre, y lo mismo había hecho Harry. Tal vez a costa de llevar un estilo de vida más natural, pero formaba parte de su naturaleza hacer lo que habían hecho.

Y habían logrado su objetivo con creces.

Pero, desde la inesperada irrupción de Lucy en su vida, se había dado cuenta de que quería algo más. Era una necesidad personal, y lo hacía sentirse más vulnerable que nunca. Como si hubiera perdido el control...

Una vez más, se convenció de que debía aprovechar el momento.

De un modo u otro, la situación se acabaría arreglando. Tal vez con Jack y Sarah aquella tarde.

Lucy se removió a su lado y le dedicó una dulce sonrisa.

–Será mejor que nos demos un buen baño antes de ir a ver a los Pickard.

Extraña coincidencia que ambos hubieran pensado lo mismo a la vez. Michael le había hablado de la invitación, le había explicado lo importantes que eran los Pickard para su familia y ella parecía ansiosa por conocerlos.

–Buena idea.

–Usaré las sales de baño de sandía para limpiarnos el aceite.

Se levantó y caminó hacia el baño contoneando provocativamente las caderas. Michael se quedó unos segundos contemplando su suculento trasero y fue tras ella a darse el baño más erótico de su vida.

Capítulo 10

LUCY estaba muy nerviosa por la visita a los Pickard. Normalmente no le importaba lo que pensara la gente de ella, pero por lo que Michael le había contado, Jack y Sarah eran casi como unos segundos padres para él y para Harry. Significaban mucho para él, de modo que para ella era importante causarles buena impresión.

La ayudó que Michael la tuviese asida de la mano, ofreciéndole apoyo y seguridad. Y también debería ayudar la impresión que les hubiera causado Ellie. Su hermana siempre hacía gala de una clase exquisita. Lucy no se parecía en nada a ella, pero era su familia.

La villa de los Pickard estaba entre el gimnasio y el inmenso cobertizo que albergaba el generador y la planta desaladora. A poca distancia de las oficinas, y de mayor tamaño que el resto de las villas, era un hogar permanente para la anciana pareja.

Los dos estaban en el porche delantero, ansiosos por saludar a Michael y conocer a su nueva compañera. Jack estaba regando las macetas y Sarah hojeaba una revista en una mecedora.

Al verlos, Sarah dejó la revista, se levantó y llamó a Jack, quien dejó la regadera en la barandilla, se quitó los guantes y se unió a ella en lo alto de los escalones. Los dos eran de baja estatura, delgados y con una cabellera rizada y canosa enmarcando un rostro lleno de arrugas. Y ambos lucían sendas sonrisas de bienvenida que tranquilizaron un poco a Lucy.

–¡Qué alegría volver a verte, Mickey! –exclamó Sarah.

–Lo mismo digo. Os presento a Lucy Flippence, la hermana de Elizabeth.

–¡No os parecéis en nada! –fue el previsible comentario de la anciana al estrechar la mano que Lucy le ofrecía.

–Es verdad. Supongo que la gente considera a Ellie como la hormiga trabajadora y a mí como la cigarra –admitió con una sonrisa a modo de disculpa.

–Siempre me ha parecido que las cigarras tenían algo especial –dijo Jack con una cálida sonrisa mientras le estrechaba la mano.

Lucy se rio, aliviada de que la hubiera aceptado tan rápidamente.

–Esta isla es un lugar de ensueño... Michael me ha dicho que ustedes lo han hecho posible.

–Oh, bueno, aportamos nuestro granito de arena. Nos gusta vivir aquí, ¿verdad, Sarah?

–Sí, tenemos mucha suerte de poder hacerlo.

–Veo que tus rosas han agarrado bien, Jack –observó Michael.

–¿Rosas? –preguntó Lucy, sorprendida–. ¿Aquí?

–Fue todo un reto, pero... –admitió Jack, y se echó hacia atrás para señalar los maceteros–. He conseguido que florezcan.

Lucy vio un brote amarillo que empezaba a germinar.

–¿Es una Pal Joey?

–Así es. Una de mis favoritas –dijo Sarah–. Tiene un olor delicioso.

–Lo sé. Es preciosa. El lunes pasado estuve en el cementerio Greenlands y un hombre mayor estaba plantando un rosal de Pal Joey en la tumba de su esposa. Dijo que su Gracie no podía yacer allí sin su rosa favorita.

–¡Qué romántico! –exclamó Sarah.

–Habían estado casados casi sesenta años. Me pareció un detalle conmovedor. ¿Cultivas las rosas para Sarah, Jack?

–Para los dos –respondió él–. Pero, si por desgracia Sarah falleciera antes que yo, las plantaría en su tumba.

–Eso es, Jack –aprobó su mujer con una dulce sonrisa.

Lucy suspiró.

–Es muy bonito conocer a una pareja que se quiera tanto... Ya no quedan muchas así.

–Tú puedes crear tu propio mundo, Lucy –le dijo Sarah en tono filosófico–. Y, dime, ¿qué hacías en el cementerio?

–Es su trabajo –explicó Michael–. Trabaja en la administración del cementerio.

–¡Santo Dios! –exclamó Sarah, horrorizada–. ¿Y te gusta?

–Hasta ahora, sí. No llevo mucho tiempo trabajando ahí, y puedo visitar la tumba de mi madre a menudo. Murió cuando yo tenía diecisiete años. Me gusta hablar con ella y contarle lo que pienso y cómo me siento, sobre todo cuando estoy un poco perdida.

Estaba hablando más de la cuenta, como hacía siempre que estaba nerviosa. Pero a Sarah no parecía importarle que fuera una mujer extravagante ni nada por el estilo. La agarró de la mano y le dio unas palmaditas para consolarla.

–Es muy triste perder a una madre siendo tan joven.

–Sí, aunque Ellie es genial. Se hace cargo de todo.

Sarah asintió.

–Ya lo veo. Está haciendo un trabajo magnífico aquí.

–No te pongas de parte de Harry, Sarah –se apresuró a intervenir Michael–. Elizabeth es mi secretaria. Esta situación es solo temporal.

–No es asunto mío –le aseguró ella, y retrocedió para invitarlos a pasar–. Vamos, entrad. He preparado el té en el porche trasero. Tiene una vista preciosa del mar.

–¿Puedo ayudarte en algo? –se ofreció Lucy al entrar en un salón grande y acogedor.

–Solo tengo que poner el agua a hervir, querida, pero quédate a charlar conmigo. Puedes llevar las pastas y galletas cuando el té esté listo.

–Por favor, dime que son tus galletas de mantequilla de cacahuete –le rogó Michael.

Sarah se echó a reír.

–Jamás se me ocurriría hacerte otras. Vete con Jack. Enseguida estamos con vosotros.

Los dos hombres salieron por la puerta trasera y Sarah puso el agua a hervir antes de girarse hacia Lucy con un brillo de interés en sus ojos avellana.

–Tu hermana me ha dicho que conociste a Mickey en la oficina.

–En efecto. El lunes pasado fue el cumpleaños de Ellie y me pasé por la oficina para verla. Harry también estaba allí y nos fuimos a comer todos juntos.

–Mickey y tú debéis de haberos visto más veces esta semana para que se haya animado a traerte a la isla.

Sarah estaba intentando sonsacarle información, pero a Lucy no le importó responderle con toda claridad.

–¡Nos hemos visto cada noche! Ha sido increíble... Es como estar viviendo un cuento de hadas con un príncipe.

–Me lo imagino –dijo Sarah con afecto–. Tanto Mickey como Harry son muy especiales, igual que lo eran sus padres.

–Michael me dijo que murieron al mismo tiempo que mi madre.

Sarah suspiró.

–Fue una tragedia, pero habrían estado muy orgullosos de sus hijos. Muy, muy orgullosos.

Aquella anciana tenía que conocer a Michael mejor que nadie, por lo que Lucy decidió arriesgarse a confesarle sus dudas. Necesitaba saber cómo veía Michael la relación.

–El problema es que no estoy segura de estar a su altura, Sarah. Quiero decir... Soy como la Cenicienta en la corte. Me ha invitado a ir con él a un baile el sábado que viene, y tengo un miedo terrible de no encajar en su círculo social.

–No tengas miedo, Lucy –le aconsejó la anciana–. Si Mickey quiere que vayas con él, se encargará de que estés bien. En ese aspecto es como su padre. Se toma muy en serio todo lo que hace y es extremadamente protector con sus seres queridos.

Pero ¿a ella la quería realmente? Esa era la gran pregunta.

–Entonces no creo que haya ningún problema –dijo con una sonrisa.

–Claro que no, querida –corroboró Sarah.

El hervidor empezó a silbar y Sarah llenó una tetera con dibujos de rosas. Lucy pensó que las tazas y platos tendrían un diseño similar.

–Tienes mucha suerte, Sarah. Mi madre nunca tuvo rosas en su matrimonio. Si alguna vez me caso, será solo con un hombre que me quiera lo bastante para regalarme rosas.

–¡No puedo esperar más! –exclamó Michael tras ellas–. Voy a robar una galleta.

–¡Ya vamos! –dijo Sarah.

–Estupendo. Tú lleva el té. Yo llevaré el plato de galletas y Lucy llevará el bizcocho de plátano.

–¿Cómo sabes que es un bizcocho de plátanos si está tapado? –preguntó Lucy.

Michael le sonrió a Sarah.

–Es un bizcocho de plátano –admitió ella.

–Eres una joya, Sarah.

–Tú y Harry siempre me estáis adulando para conseguir lo que queréis –le tendió el plato de galletas–. Vamos afuera.

Sentados en torno a una gran mesa de madera en el porche trasero, con una vista espectacular de otra bahía de la isla, mantuvieron una conversación amena y relajada mientras tomaban el té con pastas. Michael observaba atentamente cómo Lucy se ganaba a Jack y a Sarah. Tenía unas habilidades sociales extraordinarias, escuchaba con atención a quien estuviera hablando, mostraba un sincero interés por los intereses de sus interlocutores y sus risas y sonrisas eran tremendamente contagiosas.

Cuando preguntó cómo se potabilizaba el agua marina, Michael le sugirió a Jack que la llevara al cobertizo para mostrarle el proceso. Así tendría tiempo para hablar a solas con Sarah, una de las personas en quien más confiaba. Su opinión sobre las otras mujeres que había llevado a la isla siempre había sido acertada.

Jack se mostró encantado de enseñarle a Lucy todo lo que quisiera ver. Se había quedado encandilado con ella, como le ocurriría a cualquier hombre independientemente de la edad. «La abejita»... El apelativo de Lester volvió a resonar en su cabeza y frunció el ceño mientras Lucy y Jack salían juntos del porche. Lester lo había dicho con una connotación sexual, pero Lucy no había hecho ninguna insinuación erótica durante el té. Simplemente había sido ella misma... tan irresistible como siempre.

–¿Qué ocurre, Mickey? –le preguntó Sarah.

Él sacudió la cabeza.

–Tengo un problema.

–¿Tiene que ver con Lucy?

–¿Qué piensas de ella, Sarah?

–Es encantadora –respondió con una sonrisa.

–Sí que lo es. ¿Algo más?

Sarah lo pensó unos momentos.

–Es muy diferente a las otras mujeres que has traído. Más natural y espontánea...

–¿No te parece una cazafortunas taimada y embustera? –insistió Michael.

–¡Por supuesto que no! –la mera insinuación parecía horrorizarla–. ¿De dónde has sacado esa idea?

–Soy un hombre muy rico.

–Tu fortuna puede intimidar a una chica como Lucy –arguyó Sarah–. Puede hacerle pensar que no es lo bastante buena para ti.

–Es una mujer preciosa, sexy y divertida. Solo con eso ya compensa cualquier posible carencia.

–Solo si tienes una gran autoestima, y no creo que ella la tenga. Esa chica intenta desviar el interés hacia las personas que la rodean para no convertirse en el centro de atención.

–¿Lo hace porque oculta algo?

–No lo sé. El comentario que hizo al principio, cuando se comparó con su hermana, me hizo pensar que era consciente de que nunca podría competir con Elizabeth. Seguramente siempre se haya sentido inferior a ella, y por eso eligió una vida completamente distinta. Un camino mucho más sencillo que no le exigiera más de lo que podía dar.

–Es la hermana menor. Elizabeth dice que tiene la cabeza en las nubes.

–Una buena fachada para quien se siente inferior.

Michael frunció el ceño.

–No creo que se sienta inferior. Ha trabajado como modelo, esteticista, guía turística, profesora de baile... Es como si quisiera probarlo todo. Abandonó los estudios para cuidar de su madre, y cuando esta murió de cáncer dijo que no tenía cabeza para volver a estudiar. Pero a mí me parece que se las ha arreglado bastante bien.

–¿Dónde estaba Elizabeth durante la enfermedad de su madre?

–En casa. Ya estudiaba en la universidad, por lo que imagino que fue Lucy la única que se ocupaba de su madre.

–Mientras Elizabeth se preparaba para encontrar trabajo –dijo Sarah–. ¿Te parece que las dos hermanas están unidas?

–Sí, mucho. Son completamente distintas, pero están muy unidas. Lucy dice que Elizabeth es su principal apoyo en la vida.

–Cuando se siente perdida... Así ha dicho que se siente cuando visita la tumba de su madre –miró fijamente a Michael–. No es una cazafortunas ni nada por el estilo, Mickey, y si oculta algo es una debilidad de la que se siente avergonzada. Trátala bien, porque te ve como a un príncipe.

–Hasta que me convierta en sapo –dijo Michael, sonriendo–. Según ella, es lo que les ocurre a todos los príncipes tarde o temprano.

Capítulo 11

LUCY no podría haber deseado un tiempo mejor con Michael. La tarde en casa de los Pickard había sido relativamente tranquila. Eran gente muy agradable y no había percibido ningún rechazo o desconfianza en ellos. Luego, Michael había sugerido que jugaran al tenis, un chapuzón en la piscina y unas copas de champán viendo el atardecer. Para acabar el día, una cena romántica en la terraza del restaurante, con el murmullo de las olas de fondo y bajo un cielo tachonado de estrellas.

El domingo durmieron hasta muy tarde tras haberse pasado toda la noche haciendo el amor. Tomaron un frugal desayuno a base de fruta, pues iban a almorzar pronto con Harry y Ellie antes de volver al continente. Lucy quería que fueran tan felices como ella se sentía con Michael.

De nuevo lucía un sol espléndido y reinaba un ambiente distendido en la mesa. Ellie volvió a ayudar discretamente a Lucy a elegir la comida, y ella pensó en lo afortunada que era al contar con una hermana tan buena y atenta.

Durante los años de escuela, Ellie había intentado ayudarla a leer y escribir. Había buscado en Internet información sobre la dislexia y había descargado programas para ejercitar la mente. Al demostrarse ineficaces, se había pasado horas y horas animándola a aprender cosas de memoria. Sin ella, jamás habría aprobado el examen de conducir, gracias al cual pudo encontrar varios empleos. Lucy estaba y estaría siempre en deuda con Ellie, y era maravilloso verla brillar de alegría con Harry. Ellie más que nadie se merecía un príncipe.

–¿Has encontrado algún candidato para el puesto de gerente, Harry? –le preguntó Michael mientras tomaban el café.

–He recibido algunos currículum, pero aún no he concertado ninguna entrevista. Es posible que Elizabeth quiera quedarse.

–¡Elizabeth es mía! –declaró Michael con vehemencia.

–¡No! –exclamó Ellie.

Lucy miró horrorizada a su hermana, cuya expresión reflejaba seriedad y determinación.

Michael también parecía sorprendido por la inesperada respuesta.

–No me digas que Harry te ha seducido para que te quedes aquí.

–No, no me quedaré más que este mes, el tiempo que necesita para encontrar a otra persona –respondió ella tranquilamente.

–Entonces volverás conmigo.

–Lo siento, Michael, pero tampoco quiero hacer eso.

–¿Por qué no?

–Porque en esta primera semana que llevo aquí he descubierto que quiero un cambio en mi vida, probar algo distinto, y te agradecería que consideraras esto como un preaviso de mi dimisión.

Michael miró furioso a su hermano.

–Maldita sea, Harry, si no hubiera sido por ti...

–¡Eh! –se defendió él–. Tampoco quiere quedarse aquí.

–Por favor –se apresuró a intervenir Elizabeth–. No quiero causar problemas. Solo quiero tomar un nuevo rumbo en mi vida.

–Pero eres una secretaria genial –arguyó Michael.

–Lo siento. Tendrás que buscarte a otra persona.

La agradable atmósfera que se respiraba en la mesa se había hecho pedazos. Todos estaban tensos. Lucy no podía creerse que Ellie hubiera tomado aquella decisión. Era como si rechazara a los dos hermanos. Y la única razón que daba era que quería probar algo distinto... No tenía sentido.

–¿Por qué no contratas a Lucy en su lugar? –le sugirió Harry a Michael–. Seguro que es tan brillante como su hermana.

El pánico se apoderó de Lucy. Ella no era Ellie y nunca podría estar a su altura. Miró a su hermana para suplicarle ayuda con los ojos.

–No es lo suyo –dijo Ellie con firmeza.

–Pero trabajas en la administración –señaló Michael.

–Soy la encargada de tratar con las personas –explicó ella con un nudo en el estómago–. No hago trabajo de oficina. Se me da bien ayudar a la gente, comprender lo que quieren y ayudarlos a decidirse... Y me gusta hacerlo –añadió por si acaso, rogando que Michael se olvidara del tema.

Él puso una mueca de frustración, y ella le tocó la mano en un desesperado intento por animarlo.

–Lo siento, pero no puedo sustituir a Ellie.

La mueca se transformó lentamente en una sonrisa.

–Lo sé. Lo tuyo son las personas, y esa es una de las cosas que me gusta de ti, Lucy. Por nada del mundo querría cambiarlo.

Lucy respiró con alivio al no tener que explicar por qué no serviría para sustituir a su hermana.

–Espero que me escribas una buena carta de recomendación, Michael –dijo Ellie.

Él suspiró y se volvió hacia ella.

–La tendrás mañana mismo. Odio perderte, pero te deseo lo mejor, Elizabeth.

A pesar de haber aceptado la situación, el ambiente que se respiraba en la mesa no volvió a ser el mismo. También Harry parecía tenso. Era evidente que a él tampoco le gustaba aquella decisión.

–Gracias –respondió Ellie.

Caso cerrado.

O casi.

Los dos hermanos intercambiaron una mirada glacial, ambos frustrados y enojados. Ninguno hizo ademán de seguir tomando café. La situación permanecería inalterable hasta que Michael y Harry solventaran sus diferencias, y para ello tendrían que quedarse a solas. Y Lucy quería, además, conocer los motivos de Ellie para abandonar su trabajo de secretaria.

¿Serían sus treinta años recién cumplidos lo que había desatado aquel repentino deseo por un cambio?

¿O quizá había tomado la decisión por prever cómo acabaría la relación de Lucy y Michael? Tal vez no quisiera seguir con su jefe porque sabía que la ruptura era inevitable y temía que ella sufriera. Pero Lucy no podía consentir que por su culpa echara a perder su carrera.

En cuanto Ellie hubo acabado su capuchino, Lucy se puso en pie.

–Voy al baño. ¿Vienes conmigo, Ellie?

–Claro.

Una vez en los aseos, Lucy la encaró para arrancarle la verdad.

–¿Por qué quieres dejar un trabajo estupendo con Michael? Le has dado un gran disgusto.

–Mi propósito en la vida no es hacerlo feliz –repuso ella.

–Pero siempre has dicho que te encantaba ese trabajo.

–Y así era, pero tenía que soportar una presión constante. No me había dado cuenta de lo mucho que se me exigía hasta que vine aquí.

¿Sería esa la verdad? Ellie siempre había sido muy ambiciosa y no parecía propio de ella abandonar un empleo de alto nivel. Por otro lado, Lucy nunca había tenido un trabajo exigente y no podía saber a qué clase de presión estaba sometida su hermana.

–¿No es por lo mío con Michael? –le preguntó con preocupación.

–No –le aseguró ella–. Lamento que Michael no apruebe mi decisión, pero creo que se desquitará contigo. Y, si lo hace, es que no es para ti.

Lucy no había llegado tan lejos en sus suposiciones. Su mayor preocupación giraba en torno a Ellie y al sacrificio que estaba haciendo por su lealtad fraternal. Si la frustración de Michael derivaba en repercusiones personales... No, eso sería absolutamente inaceptable. Lucy no estaba tan ciegamente enamorada como para no verlo. Era una prueba que Michael tendría que superar para que hubiera una mínima esperanza entre ellos.

Suspiró profundamente y abrazó a su hermana antes de mirarla a los ojos.

–Tienes razón. Es justo que quieras buscar otra cosa. Y Michael tiene que aceptarlo aunque no le guste.

–Tú puedes ayudarlo a superar la frustración –le sugirió Ellie con una sonrisa.

Lucy soltó una carcajada producto de la histeria más que del regocijo. No quería que las cosas empezaran a torcerse con Michael, pero, si se diera el caso, tendría que ser tan sensata como Ellie. Por muy bonita y sensual que fuera una fantasía, al final no había escapatoria de la realidad.

Michael no recordaba haberse enfadado nunca seriamente con su hermano, pero en esos momentos lo estaba. Le había prestado a Elizabeth para facilitar el despido de un gerente corrupto. Podía prescindir de ella por un mes, pero no estaba preparado para perderla definitivamente.

Tan solo llevaba una semana allí y ya le presentaba su dimisión. Michael no se tragaba el motivo que le había dado. Algo había ocurrido, y tenía que ver con Harry.

–¡Esto es un disparate! –le dijo a Harry cuando se quedaron los dos solos–. Elizabeth no ha mostrado nunca la menor molestia con su situación profesional. Ha sido la mejor secretaria que podría tener y le he pagado como merece. ¿Por qué demonios quiere probar otra cosa? La única explicación que se me ocurre es que tú le has lavado el cerebro.

–¿Y, si es así, por qué no quiere quedarse aquí? –replicó Harry–. Ha hecho un trabajo formidable en la isla. No soy yo quien le ha metido esa idea en la cabeza.

–¿Entonces quién?

–Es posible que haya sido Lucy.

–¡Eso tampoco tiene sentido! Lucy se ha quedado tan sorprendida como yo por la noticia.

–¡Despierta, Mickey! –lo increpó Harry–. Estás teniendo una aventura con la hermana pequeña de tu secretaria, quien prácticamente ha sido una madre para ella. Es probable que Elizabeth haya estado dándole vueltas a su dimisión desde que te liaste con Lucy. Y al verla aquí, contigo, ha terminado por decidirse.

–¿Qué quieres decir?

Harry puso los ojos en blanco.

–Hasta para mí es obvio que Lucy está locamente enamorada de ti. Elizabeth debe de saber que tus relaciones con las mujeres nunca han durado mucho, y teme que le hagas daño a su hermana.

–¿Y por qué iba a hacerle daño? –exclamó Michael acaloradamente–. A lo mejor yo también quiero continuar esta relación.

–Lo que tú digas –repuso Harry–, pero has introducido un factor personal que no estaba antes.

–¿Y tú qué? No me digas que no has intimado con Elizabeth esta semana.

–Y esa debe de ser la razón por la que no quiere quedarse aquí. No sé lo que pasará por su cabeza, pero me encantaría saberlo. Lo que sí sé es que una vez que toma una decisión la sigue hasta el final, así que tendremos que aceptarlo nos guste o no.

Michael resopló resignadamente.

–Entonces no es culpa tuya...

–De ningún modo.

–¡Maldita sea! ¿Por qué tenía Lucy que ser su hermana?

–Ten cuidado con lo que haces, Mickey. No quiero que lo vuestro entorpezca lo que podría tener yo con Elizabeth.

Michael sacudió la cabeza mientras pensaba en la compleja situación.

–Nunca nos habíamos implicado tanto con nadie, Harry.

–Te lo digo muy seriamente, Mickey: no voy a dejarla escapar si puedo evitarlo.

–Yo tampoco quiero dejar escapar a Lucy –admitió Michael. Al menos no en un futuro inmediato. No tenía sentido acabar en un mes, puesto que Elizabeth no volvería a trabajar para él. Podría continuar la aventura mientras lo complaciera.

Harry asintió.

–¿Todo aclarado, Mickey?

–Sí, todo aclarado.

No por ello le gustaba la situación, pero al menos ya sabía que Harry no tenía la culpa. Elizabeth era muy sensata, según afirmaba Lucy, y seguramente se había visto influida por las aspectos más personales de aquella compleja relación entre dos hermanos y dos hermanas.

Se reprendió a sí mismo por no haberlo visto venir, pero al empezar su aventura ignoraba hasta qué punto estaban unidas Lucy y Elizabeth. Había empezado a verlo con claridad cuando habló con Sarah el día anterior, pero nunca se habría imaginado que su secretaria le presentaría su dimisión.

Le parecía una medida extrema.

Y no le gustaba la insinuación de que trataba mal a Lucy.

Él jamás había tratado mal a una mujer.

Pero tanto Sarah como Harry le advertían que tuviera cuidado al tratar a Lucy. Eso tampoco tenía sentido. Lucy no le parecía una mujer frágil. Más bien un espíritu libre que volaba de flor en flor. Si aquella relación no prosperaba, ella seguiría alegremente su camino en vez de sumirse en una depresión de la que solo su hermana podría sacarla.

Independientemente de lo que él pensara o sintiera, Elizabeth había tomado su decisión y de nada servía lamentarse. Tampoco se arrepentía de haber empezado una relación con Lucy, aunque le hubiera costado su secretaría. Lucy podía convertirse en una parte muy importante de su vida, y aún le quedaban tres semanas para estar con ella antes de que su hermana regresara a Cairns. Tiempo suficiente para consolidar la relación, sin influencias externas.

El enamoramiento no garantizaba que una relación fuera sólida. Por Lucy sentía una atracción que rayaba en la obsesión, pero al final todo podría quedar en nada.

Él quería algo más. Quería compartir un amor profundo y duradero con una mujer.

El mismo que su padre había compartido con su madre.

Necesitaba pasar más tiempo con Lucy para saber si ella era la mujer a la que había estado esperando.

Y, si no lo fuera, él se encargaría de romper de la forma más suave posible.

Capítulo 12

LUCY estaba preocupada por el impacto que había causado la noticia de Ellie. Las despedidas tras el almuerzo fueron tensas e incómodas, y Harry le pidió a Jack que los llevara al puerto en el carrito en vez de hacerlo él mismo. Parecía impaciente por perderlos de vista, y Lucy estaba segura de que le pediría inmediatamente más explicaciones a Ellie. Ya no lucía la expresión triunfal en el rostro.

La expresión de Michael, en cambio, era inescrutable, si bien estuvo charlando con Jack en el carrito y a ella la mantuvo asida de la mano. Jack lo ayudó a soltar amarras y apenas habían zarpado cuando Lucy reunió el valor para preguntarle.

–¿Estás decepcionado por lo que ha hecho Ellie?

Él sonrió tristemente.

–No entiendo el motivo de su dimisión, pero todo el mundo tiene derecho a decidir lo que quiere hacer con su vida. Aunque debo decir que será difícil encontrar a alguien que esté a su altura.

–Creo que haber cumplido treinta años puede haber influido en su decisión. El apartamento ya está pagado, así que no tiene por qué sentirse responsable de proporcionarnos un techo. Cuando se tiene esa seguridad se puede ser un poco más impulsiva.

–¿Y crees que todo eso tiene algo que ver con nosotros?

–Según Ellie, no.

–¿Se lo has preguntado?

–Sí. Me parecía mucha coincidencia. Aunque ayer por la mañana ya lo había aclarado con ella. Le dije que nada de lo que pase entre tú y yo debería afectar su relación con Harry ni su trabajo. También le dije que, si tú y yo rompemos, seguiré mi camino como siempre he hecho.

Michael torció la boca en una mueca divertida.

–Eso harías, ¿eh?

–No sería fácil –admitió ella–, pero lo haría. De nada sirve aferrarse a algo que ha de quedar atrás.

Él se rio y apartó una mano del timón para abrazarla.

–¡Esta es mi Lucy! –le dio un beso en la frente–. Me encanta tu forma de ver las cosas.

A Lucy se le hinchó el corazón de alegría. Michael seguía siendo su príncipe. Apoyó la cabeza en su hombro y expulsó con un suspiro su angustia interior.

–Gracias por un fin de semana tan maravilloso, Michael.

Él le dio otro beso en la frente y la apretó con fuerza.

–Eres tú quien lo ha hecho maravilloso.

Pura y simple felicidad... Michael había pasado la prueba con matrícula de honor. El único aspecto negativo era la posible separación entre Ellie y Harry. Lucy quería que él fuera el príncipe de su hermana.

Aquella noche, cuando Michael la dejó en su casa, fue directamente a la habitación de Ellie para escribirle un correo electrónico. Gracias a la tecnología moderna se había acostumbrado a redactar omitiendo la mitad de las letras, y afortunadamente Ellie no tenía ningún problema para descifrar su particular escritura.

Su mensaje fue muy breve.

STOI GNL K M. KM STAS K H?

En cuanto se despertó a la mañana siguiente, corrió al ordenador en busca de su respuesta. Tenía un mensaje en su bandeja de entrada. Era de Ellie e incluía una carita sonriente.

TB GNL.

Lucy suspiró de alivio y felicidad. Su hermana también seguía teniendo a su príncipe.

La semana transcurrió sin nada que pudiera ensombrecer su dicha, y cada vez se sentía más segura para acompañar a Michael al baile. Estaba convencida de que él la ayudaría a sentirse cómoda con sus amigos.

El sábado la llevó a comer fuera alegando que seguramente no cenarían hasta muy tarde y que más les valía ganar fuerzas para el baile con una buena comida. Fueron en coche al Thala Beach Lodge, un bonito restaurante situado entre Cairns y Port Douglas, sobre un acantilado desde el que se tenía una vista espectacular de la costa y el mar.

Lucy consiguió ocultar de nuevo su dislexia al comentarle al camarero que todo lo que había en el menú le parecía delicioso y pidiéndole que le recomendara algo en especial. El camarero les sugirió langostinos con coco y brownie de chocolate con pistacho, plátano, crema y mantequilla. En esa ocasión fue Michael quien eligió lo mismo que ella.

Tal vez nunca descubriera su dislexia, o quizá cuando se diera cuenta ya no le importase porque para entonces todo sería maravilloso entre ellos.

Como disfrutar juntos de una comida deliciosa.

Como hacer el amor en su casa hasta que Lucy tuvo que echarlo para poder arreglarse para ir al baile.

Lucy no tenía ningún vestido de gala. Había pensado en pedir uno prestado en la academia de baile donde había trabajado, pero decidió que parecería fuera de lugar entre los sofisticados conjuntos que a buen seguro llenarían el baile. Al final optó por su vestido de dama de honor. Era largo y sencillo, de color mandarina, ceñido y con un corte trasero hasta la rodilla para facilitar los movimientos. El escote era lo bastante bajo para mostrar la mitad de sus pechos, y los tirantes estaban unidos con tres aros dorados. Definitivamente, un vestido de noche.

El color combinaba a la perfección con su piel bronceada, su pelo rubio y sus ojos marrones, y el resultado era tan favorecedor que apenas necesitaba maquillaje y accesorios. Tan solo unos pendientes de aro dorados, su elegante reloj dorado, la pulsera de oro que Ellie le había regalado al cumplir veintiún años, unas sandalias doradas ideales para bailar y un pequeño bolso dorado.

Se lavó y secó el pelo, se lo recogió en lo alto de la cabeza y se rizó los mechones que le quedaban sueltos. Con el maquillaje tuvo especial cuidado para que no pareciera excesivo. Se aplicó un poco de rímel y colorete, pero para la boca usó el pintalabios mandarina. El vestido lo pedía y también quería gustarse a sí misma.

A Michael también pareció complacerle su aspecto. Cuando llegó para recogerla la miró de arriba abajo y sacudió la cabeza con fascinación.

–Me dejas sin aliento... ¡Y no es la primera vez! –añadió con una sonrisa.

–Lo mismo que tú a mí –respondió ella, riendo.

Michael siempre ofrecía un aspecto irresistiblemente atractivo, pero vestido de etiqueta estaba absolutamente arrebatador. Lucy dejó de inquietarse por el resto de la gente. Iba a pasarse toda la velada bailando con aquel hombre apuesto y maravilloso.

Pero al entrar en el casino la excitación fue superada por los nervios, y a cada paso que daba crecía la tensión y la necesidad de ser aceptada por los amigos de Michael.

La condujo a una mesa que estaba a medio ocupar. Ni eran los primeros en llegar a la fiesta ni tampoco serían los últimos. Los hombres se levantaron mientras Michael iniciaba las presentaciones, y Lucy se esforzó por asociar los nombres a las caras. Estaban las tres parejas casadas de las que Michael le había hablado, y todos la miraron con gran interés.

–¿De dónde has sacado a esta encantadora dama, Mickey? –le preguntó uno de ellos.

–Irrumpió en mi oficina y nada más verla decidí que quería tenerla en mi vida –le guiñó un ojo a Lucy, que no cabía en sí de gozo ante aquella muestra pública de afecto.

–Ah, entonces es una relación profesional –dedujo el amigo de Michael.

–Al principio sí, pero ahora va mucho más allá –la abrazó–. Esta noche voy a hacerla bailar como nunca.

Todos se rieron.

–Es muy buen bailarín, Lucy –le confesó una de

las mujeres–. Si no puedes seguirle el paso, déjamelo a mí.

–¡Ni hablar! –rechazó él tajantemente–. Lucy ha sido profesora de baile. Tengo que demostrar que estoy a su altura.

–Hacéis buena pareja, desde luego –comentó otra mujer, sonriéndoles a ambos.

Lucy ya no se sentía tensa ni nerviosa. Todos parecían encantados de aceptarla en el grupo. Como un verdadero príncipe, Michael había allanado el camino con sus comentarios y todos parecían encantados de aceptarla. Lucy no tuvo el menor problema en conversar con ellos, valiéndose de la información que Michael le había dado para centrarse en sus vidas e intereses.

Cuando la banda empezó a tocar, Michael la llevó a la pista de baile. Tenía un gran sentido del ritmo y era tan sexy que Lucy apenas podía contener la excitación. Un baile siguió a otro. Él la ponía constantemente a prueba con pasos a cada cual más complicado y ella respondía con un desafío similar. Las demás parejas les hicieron sitio y se apartaron para observar y aplaudir su exhibición. Fue tremendamente divertido y estimulante, y ambos estaban sin aliento cuando volvieron a la mesa.

El resto del grupo ya había llegado y Michael hizo las presentaciones oportunas. Lucy estaba tan animada que no se sintió cohibida en absoluto, sobre todo porque los demás no dejaban de sonreírle y alabar su actuación en la pista de baile. Sus preocupaciones por ser una Cenicienta habían resultado infundadas. Se sentía como una princesa, y ni siquiera un encontronazo con la ex de Michael en los aseos podía arruinar la inolvidable velada.

El encuentro con la hermosa mujer morena fue tan inesperado como desagradable. Lucy estaba retocándose el pintalabios cuando apareció una desconocida a su lado.

–¿Quién eres? –le preguntó secamente.

–¿Quién eres tú? –le preguntó Lucy a su vez, sorprendida por la insolencia de aquella mujer.

–Fiona Redman.

El nombre no significaba nada para Lucy.

–¿Y?

–Michael Finn era mío hasta hace un mes. Quiero saber si me ha dejado por tu culpa.

–No. Solo hace dos semanas que lo conozco.

La mujer apretó los labios y miró con desprecio a Lucy.

–Pues no esperes conservarlo. Para él lo primero son los negocios.

Lucy no hizo ningún comentario. Estaba recordando la descripción que Michael le había dado de aquella mujer tan egoísta.

–Puede ser endiabladamente guapo y un portento en la cama, pero te tratará como un objeto desechable cuando se canse de ti. Igual que hizo con las demás.

–Gracias por avisarme –le respondió cortésmente, y se apresuró a salir de los aseos.

Su madre solía decir que «la blanda respuesta quita la ira», y a Lucy siempre le había funcionado. Era obvio que Fiona Redman estaba loca de celos tras haber perdido a su novio, y Lucy no iba a permitir que le estropeara su maravillosa velada con Michael.

Al fin y al cabo, Michael no había dejado que Jason Lester estropeara lo que había entre ellos.

Lo que tenían era algo especial y solamente de ellos

dos. Las relaciones anteriores de Michael no habían salido bien, como tampoco las de Lucy. Por lo que a ella concernía, el futuro a corto plazo seguía brillando con fuerza.

Michael aprovechó la ausencia de Lucy para ir él también al baño y así no perder ni un segundo que pudiera estar con ella. Se estaba lavando las manos cuando un tipo le llamó la atención y le hizo una observación bastante provocativa.

–Veo que has conseguido el trasero más suculento de Cairns.

–¿Cómo dice?

–No hay otra más deliciosa que Lucy –acompañó el comentario con una mueca lasciva–. Es una máquina sexual. Lástima que tenga menos seso que un mosquito. Me divertí con ella un tiempo, y seguro que tú también. Pero al final me cansé de intentar poner algo de orden en su cabeza.

El obseso del control, pensó Michael.

El tipo se sacudió el agua de las manos e hizo un último y grosero comentario.

–Debería limitarse a usar la boca para lo que se le da realmente bien.

Michael no contestó y salió del aseo. Que aquel tipo pensara que Lucy tenía la cabeza hueca no lo afectaba lo más mínimo, aunque la descripción que había hecho de ella como «el trasero más suculento de Cairns» le devolvió a la memoria el comentario de Jason Lester sobre la cantidad de hombres con los que se había acostado.

Michael no creía que fuera cierto. Estaba convencido de que Lucy era más selectiva a la hora de elegir con quién se acostaba. Pero no pudo impedir que volviera a asaltarlo la duda. ¿Con cuántos hombres se había acostado y dónde había aprendido a dar tanto placer?

Se dijo que no importaba y que seguiría disfrutando de la sensualidad y espontaneidad con que Lucy respondía a la química sexual que ardía entre ellos. Se alegraba de que fuese como era.

Regresó a la mesa, decidido a borrar cualquier sospecha sobre su pasado. Si Lucy ocultaba algo, él no quería saberlo. Le gustaba lo que tenía con ella y no iba a estropearlo.

Lucy ya estaba sentada, escuchando con interés lo que contaban sus amigos. Michael se sentó frente a ella para deleitarse con sus sonrisas, los destellos dorados en sus ojos marrones y el suave movimiento de sus perfectos pechos al reírse.

«No hay otra más deliciosa que Lucy».

Les sirvieron una opípara cena a base de marisco y Michael observó la sensualidad con que Lucy se llevaba las ostras a la boca, mordía la langosta y se lamía la salsa de los langostinos de los labios.

«No hay otra más deliciosa que Lucy».

Todo en ella era tan sexy que a ningún hombre podría pasarle desapercibida. Michael estaba excitado solo por mirarla. Era casi imposible reprimir el deseo que le provocaba. Perdió el apetito y se removió incómodo en la silla, esperando que se despejara la mesa.

La banda empezó a tocar de nuevo. En esa ocasión empezaron con un vals lento. Perfecto, pensó Michael mientras invitaba a Lucy a bailar. Ella parecía tan impaciente como él de volver a tocarse. Le apretó la mano y sus piernas se rozaron íntimamente al comenzar el baile.

Era dolorosamente consciente de la erección pegada al vientre de Lucy, de sus pechos aplastados contra el torso, de su cálido aliento acariciándole el cuello... El deseo era tan fuerte que se había convertido en una adicción. La deseaba para él solo.

Su mecanismo de autocontrol falló.

Y la pregunta que nunca debería haber formulado escapó de sus labios.

–¿Con cuántos hombres te has acostado, Lucy?

Ella dejó de bailar, se separó y lo miró con un rostro inexpresivo, como si no lo estuviera mirando a él sino a otra cosa.

Al sapo que llevaba en su interior...

Capítulo 13

LUCY sentía náuseas.

No entendía por qué Michael le hacía esa pregunta precisamente en aquel momento, en aquella noche de ensueño, cuando todo parecía perfecto entre ellos. Una semana antes se la había esperado, y temido, cuando Jason Lester la acusó de haberse acostado con la mitad de los hombres de Cairns y ella lo empeoró todo con su descarada contestación.

El estómago se le revolvió.

¿Se había puesto en evidencia aquella noche? Intentó recordar algo impropio que hubiera dicho o hecho durante la velada, pero no se le ocurría nada.

Se había limitado a ser ella misma.

Y si Michael no podía aceptarla tal cual era...

–¡No importa! –murmuró él–. Olvida que te lo he preguntado. Ha sido una estupidez.

Aturdida, Lucy lo miró a los ojos en busca de la verdad.

–A mí sí me importa, Michael –no soportaba que tuviera una imagen promiscua de ella.

Él puso una mueca de remordimiento.

–Me tropecé con tu ex, el obseso del control, en el lavabo de caballeros. Me dijo algunas cosas de ti. No debería haberlo escuchado, pero después de lo que pasó con Lester... –sacudió la cabeza, como si intentara borrar las imágenes de su mente.

–La gente que quiere difamar a los demás suele recurrir a ese tipo de comentarios sexuales. Sobre todo los hombres... aunque también las mujeres –añadió instintivamente, desesperada por defenderse–. Antes me encontré con tu ex, Fiona Redman, en el lavabo de señoras. Dijo que eras genial en la cama, pero que para ti las mujeres eran de usar y tirar –esbozó una amarga sonrisa–. No creí que fueras tan cruel.

–Lo siento. Es solo que... –se detuvo, como si intentara buscar las palabras y se odiara por tener que explicarse.

–¿Qué, Michael? ¿Te molesta que disfrute libremente del sexo como haces tú?

–¡No! –agitó las manos y sus ojos ardieron intensamente–. Me encanta cómo eres conmigo, Lucy.

«No es suficiente», pensó ella.

Empezó a sentir retortijones en el estómago y se lo apretó con la mano para intentar detener el dolor. Algo iba mal. Las molestias eran demasiado fuertes y no podían deberse tan solo al estrés emocional. ¿Sería por algo que había comido?

Decidida a acabar lo que Michael había empezado, levantó la cabeza y lo encaró con gesto desafiante.

–Respondiendo a tu pregunta...

–¡No! –exclamó él, pero ella siguió de todos modos.

–Seguramente me haya acostado con tantos hombres como tú con mujeres. No veo ningún motivo por el que debiera privarme del placer sexual. Cada experiencia me ha resultado diferente, porque cada hombre era diferente. Y en lo que se refiere a ti, Michael, ha sido muy especial –los ojos se le llenaron de lágrimas–. Tan especial que...

No pudo seguir hablando, porque el estómago le dio una fuerte sacudida y la bilis le subió rápidamente por la garganta. Se dio la vuelta para correr hacia los aseos antes de empezar a vomitar, pero unas fuertes manos la agarraron por los hombros.

–Lucy...

–¡Voy a vomitar! –gritó, llevándose la mano a la boca.

Sin perder un segundo, Michael la agarró y llamó a una de sus amigas para que la acompañara al baño. Lucy apenas tuvo tiempo de arrodillarse ante la taza para vaciar el estómago. Las convulsiones continuaron incluso cuando no quedó nada por expulsar, y por si fuera poco también tuvo un ataque de diarrea. Su noche de ensueño se iba por el retrete, junto a la relación que había soñado tener con Michael Finn.

Michael esperaba en la puerta del aseo de señoras, preocupado por el estado de Lucy y asqueado consigo mismo por haberla alterado con su pregunta absurda. La respuesta que ella le había dado era totalmente razonable, y él debería haberlo sabido sin preguntar. Tendría que haberse dado cuenta de que un espíritu libre como Lucy tomaba lo que quería sin preocuparse por rendir cuentas ante nadie.

Se había comportado como un imbécil en vez de estar agradecido por tenerla en su vida. Los celos lo carcomían y eso no era propio en él, quien siempre se había enorgullecido de su sentido racional. Aquella obsesión por Lucy tenía que acabar, porque se le estaba yendo de las manos. Tenía que volver a controlar sus impulsos y sentimientos.

Por desgracia, quizá fuera demasiado tarde.

Para Lucy se había convertido en un sapo.

Sus ojos ya no brillaban de esa manera que lo hacía sentirse especial.

Ella era especial.

Y él necesitaba otra oportunidad.

Si Lucy salía de su vida aquella noche...

Apretó los puños. Tenía que luchar, volver a conquistarla y convencerla de que nunca más volvería a tener en cuenta lo que hubiera hecho antes de conocerse. Solo le importaba lo que había entre ellos. Una vida sin ella se le antojaba vacía, insípida e inaceptable.

La puerta del aseo se abrió y apareció Jane, la mujer de Dave Whitfield. Michael le había pedido que se ocupara de Lucy y esperaba que le dijese qué podía hacer por ella.

Jane hizo un gesto compasivo.

—Me temo que está bastante mal. Seguramente haya sido una intoxicación, aunque parece que los demás estamos bien. Es posible que hubiera una ostra en mal estado y que Lucy tuviera la mala suerte de comérsela.

—¿Qué debo hacer?

—Deberías llevarla al hospital o... ¿tiene a alguien que pueda cuidarla en casa?

—Yo me ocuparé de ella.

—Es posible que necesite medicación, Mickey. Me quedaré con ella hasta que pueda moverse, pero, si sigue así, tendremos que llamar a una ambulancia. Te avisaré.

—Gracias, Jane.

–¡Qué lástima! –se lamentó ella mientras se giraba para entrar de nuevo en los lavabos.

Sí, una auténtica lástima. Michael se avergonzaba de sí mismo por haber disgustado a Lucy cuando ella empezó a sentirse indispuesta. Tenía que compensar su error y ser todo lo que ella necesitaba que fuera. Los minutos se alargaron lentamente mientras esperaba más noticias. Otra mujer entró y salió de los lavabos, mirándolo con curiosidad al pasar junto a él. A Michael no le importaba lo que pensaran. Solo le importaba Lucy.

Finalmente la puerta se abrió y salió Jane, sosteniendo a una Lucy pálida y demacrada, con los ojos llorosos y los hombros hundidos, incapaz de caminar derecha.

Michael ocupó rápidamente el lugar de Jane a su lado. Lucy no intentó resistirse, estando necesitada de apoyo.

–Quiere irse a casa, Mickey –lo informó Jane–. Creo que lo peor ha pasado, pero está muy débil. Voy a por su bolso y a hablar con Dave. Si le das tus llaves y le dices dónde has aparcado, él acercará tu coche a la puerta del casino.

–Gracias, Jane.

Tenía muchas cosas que decirle a Lucy, pero ella no estaba en condición de escuchar y sería muy egoísta por su parte intentar presionarla. En aquellos momentos solo necesitaba cuidado y consuelo.

Jane organizó la salida del casino con prontitud y diligencia y los acompañó al coche. Abrió la puerta del pasajero y Michael sentó a Lucy y le abrochó el cinturón.

–Gracias a todos –murmuró ella. Michael también

les expresó rápidamente su agradecimiento, impaciente por llevarla a casa. Lucy estaba tan débil que pensó en llevarla al hospital mientras arrancaba el motor.

—¿Estás segura de que no necesitas atención médica, Lucy?

—Solo quiero tumbarme y dormir —respondió ella con un hilo de voz.

Seguramente fuera la mejor opción, pensó él. Lucy no podría descansar mientras esperaba que la atendieran en el hospital, y quizá lo peor hubiera pasado. No volvió a vomitar en el camino a casa y protestó débilmente cuando él la tomó en brazos para entrar en el apartamento.

La dejó de pie junto a la cama y le quitó el vestido, antes de sentarla y quitarle la ropa interior y las sandalias. La piel le ardía y de vez en cuando temblaba, como si tuviera fiebre. Michael le soltó el pelo y pasó los dedos por los tirabuzones para asegurarse de que no le quedaba ninguna horquilla, antes de acostarla y arroparla con delicadeza.

—Gracias, Michael —murmuró ella—. Ya puedes irte. Gracias.

Cerró los ojos y Michael lo interpretó como una mala señal, como si lo estuviera echando de su vida. Si lo había incluido en la categoría de los sapos, el único modo de cambiar sería que ella lo besara con convicción y afecto. Para ello tendría que volver a conquistarla y convencerla de que olvidara la estúpida pregunta del baile.

—No voy a dejarte —declaró, sentándose junto a ella y acariciándole el pelo—. No estás bien, Lucy. ¿Tienes alguna medicina en casa para la fiebre?

Ella suspiró, tal vez con exasperación o quizá por debilidad.

–En el armario del baño –respondió, abriendo ligeramente los párpados. Ni su voz ni su mirada delataban lo que sentía por él.

Encontró una caja de analgésicos y fue a la cocina a llenar un vaso de agua. Incorporó suavemente a Lucy y le dio las aspirinas y el agua, que ella tragó con ansia. Michael estaba pensando que debía de estar deshidratada cuando de repente apartó el edredón, se levantó de la cama y se dirigió tambaleándose hacia el baño.

Al parecer su estómago no podía tolerar nada.

–Creo que será mejor que te lleve al hospital –le dijo Michael con preocupación cuando terminó de vomitar.

–No... Ayúdame a volver a la cama. Solo quiero dormir hasta que se me pase.

¿También quería dormir hasta que él se fuera?

¿Qué podía decir?

¿Qué podía hacer?

Intentó que estuviera lo más cómoda posible. Empapó una toalla y se la colocó en la frente, y llenó un vaso con cubitos de hielo y se lo dejó en la mesilla. Para mayor precaución, sacó su móvil del bolso dorado y se lo dejó también en la mesilla.

–Escúchame, Lucy. Voy a la farmacia de guardia a buscar algo para tu estómago. Vuelvo enseguida. Mientras tanto, intenta sorber el hielo que te he dejado aquí. También tienes tu móvil a mano, por si necesitas llamarme. ¿De acuerdo?

–Sí...

Su voz era tan débil y apagada que seguramente no lo hubiera oído. Corrió a su coche y condujo hacia el centro de la ciudad, donde sabía que había una farmacia de guardia. Seguía debatiéndose entre dejarla descansar y llevarla al hospital. Lo más importante en esos momentos era que se recuperara. Y luego podría hacerle entender lo especial que era para él.

No vio acercarse el coche por la derecha. El semáforo del cruce estaba verde y él iba totalmente concentrado en lo que debía hacer. Sintió el impacto y ya no vio nada más.

Capítulo 14

UNA incesante melodía penetraba en la cabeza de Lucy a través del letargo. Se repetía una y otra vez, hasta que recobró la suficiente conciencia para reconocer el tono de llamada de su móvil. Aturdida, alargó un brazo hacia la mesilla y buscó a tientas la irritante fuente de sonido con intención de apagarla, pero un vago recuerdo de Michael dejándole el teléfono junto a la cama hizo que se llevara el aparato a la oreja.

–¿Diga? –preguntó con voz débil y adormilada. Tenía la boca seca y le costaba un enorme esfuerzo hablar.

–¡Despierta, Lucy! –le ordenó alguien–. Ha habido un accidente.

Era una voz de mujer. Parecía su hermana. Y decía algo de un accidente... ¿En la isla?

Se incorporó con gran esfuerzo e intentó concentrarse. Al abrir los ojos vio que ya había amanecido, pero era muy temprano para llamar a alguien.

–¿Qué? ¿Eres tú, Ellie?

–Sí. Michael ha tenido un accidente de coche esta madrugada y está gravemente herido.

–Michael... oh, no, no... No... –se despejó en un santiamén y recordó a Michael llevándola a casa, cuidándola y saliendo para buscar algún medicamento–. Dios mío... ¡Ha sido por mi culpa!

–¿Cómo va a ser por tu culpa? –le preguntó Ellie.

–Anoche cené algo que me sentó mal. Michael me trajo a casa. Estuve vomitando y con diarrea y salió en busca de una farmacia de guardia. Yo estaba tan cansada que debí de quedarme dormida mientras estaba fuera. Debería haber vuelto, pero no está aquí y... Dios mío... ¡Salió por mí, Ellie!

–¡Ya está bien, Lucy! Tú no has causado el accidente, y poniéndote histérica no ayudarás a Michael. ¿Anoche todo iba bien entre vosotros?

–Sí... sí... Estuvo muy atento cuando me puse enferma. ¡Oh, Ellie! No soportaría perderlo...

Olvidó que probablemente ya lo había perdido.

–Entonces será mejor que hagas por él todo lo que puedas –le aconsejó Ellie con dureza–. ¿Estás bien para ir al hospital? Michael está en la UCI.

–Voy para allá –la determinación por llegar junto a él sofocó el ataque de histeria.

–Harry estaba conmigo en la isla y va de camino al hospital –continuó Ellie–. Por favor, Lucy, sé amable con él. Recuerda que perdieron a sus padres en un accidente. Yo debo quedarme aquí para encargarme del centro.

Al menos Harry y su hermana formaban un equipo, mientras que Lucy ni siquiera sabía en qué punto se encontraban Michael y ella cuando él estaba luchando por su vida en la unidad de cuidados intensivos.

–Necesito saber lo que está pasando, Lucy. ¿Me mantendrás informada, por favor?

–Claro que sí –era lógico que su hermana estuviera preocupada por Michael. Era el hermano de Harry y había sido su jefe durante dos años–. Te llamaré en cuanto sepa algo.

No le fue nada fácil ponerse en marcha. Su cuerpo seguía débil y tembloroso y la cabeza le daba vueltas al poner los pies en el suelo. Tenía el estómago vacío, pero no quería comer ni beber nada por temor a más náuseas. Fuera como fuera, tenía que llegar al hospital sin parecer el despojo humano que vio en el espejo.

Se lavó con mucho cuidado y se peinó y maquilló. Decidió vestirse con ropa alegre y colorida para hacer sonreír a Michael... en el caso de que pudiera sonreír. No quería pensar en lo peor, pero era imposible ignorar la ansiedad que le oprimía el pecho.

Le llevó un rato ponerse la ropa, pues seguía tan aturdida que tenía que sentarse continuamente. Escogió el vestido amarillo para recordarle el sexo tan fabuloso que habían compartido, y un bonito collar de veneras para recordarle el maravilloso fin de semana en la isla Finn. Michael querría seguir viviendo para volver a disfrutar de esos placeres.

Al no estar en condiciones para conducir, llamó a un taxi para que la recogiera en casa. De camino al hospital no dejaba de preguntarse dónde habría tenido lugar el accidente y cómo podía haber sido tan grave si el tráfico de la ciudad estaba obligado a circular lentamente. ¿Habría ido Michael deprisa para volver con ella lo antes posible?

Las dudas seguían atormentándola cuando llegó a la unidad de cuidados intensivos. Antes de que pudiera preguntarles a las enfermeras, Harry apareció a su lado y la llevó a la sala de espera con una expresión que hacía presagiar lo peor. La hizo sentarse y permaneció de pie frente a ella para darle la información que Lucy tanto necesitaba.

—No es tan grave como parecía. Sus heridas no son

mortales. Tiene el brazo y la cadera derechas fractu-
rados, unas cuantas costillas rotas, cortes en la cara y
una conmoción. Los médicos temían que una costilla
rota le hubiera perforado el hígado, pero afortunadamente no ha sido así –el suspiro de Harry transmitía
un alivio inmenso–. Estará incapacitado una buena
temporada, pero no le quedará ninguna secuela.

–¡Gracias a Dios! –exclamó Lucy, pero el alivio
solo le duró un momento–. ¿Cómo ha ocurrido, Harry?

–Unos jóvenes borrachos en un coche robado se
saltaron un semáforo y lo embistieron de costado en
un cruce. También ellos están ingresados, aunque ni
que decir tiene que me da igual cómo se encuentren.

Lucy volvió a respirar aliviada. El accidente no había sido culpa de Michael ni suya. Simplemente había
estado en el lugar equivocado en el momento equivocado. Cierto que, de no ser por ella, no habría estado
en el coche, pero la intoxicación también había sido un
accidente y no tenía sentido lamentarse.

–¿Puedo verlo?

–No creo que sea buena idea.

–¿Por qué no?

–Porque está casi irreconocible y para ti puede ser
un golpe muy duro verlo en ese estado. Le han cosido
las heridas de la cara, pero tiene el rostro hinchado y
magullado. Además lo han sedado y es mejor que siga
así. Si empiezas a gritar al verlo o...

–Harry Finn –lo interrumpió ella seriamente–, estuve cuidando a mi madre mientras se moría de cáncer,
y no hay nada peor que ver agonizar a un ser querido.
No me ando con melindres ante el dolor ajeno, y tampoco soy una estúpida. Jamás se me ocurriría despertar
a Michael si está sufriendo. Solo quiero estar con él.

Harry se quedó perplejo ante su vehemencia, pero la miró con una expresión de respeto y asintió.

–En ese caso, te llevaré con él.

Lucy se levantó tan rápido que a punto estuvo de caer. Harry la agarró del brazo y la ayudó a mantener el equilibrio de camino a la UCI.

–¿Has llamado a Ellie para decirle cómo está Michael? –le preguntó Lucy.

–Todavía no. Acabo de hablar con los médicos. Como el estado de Michael no es crítico, no lo operarán hasta mañana. He insistido en que lo opere el mejor cirujano del hospital.

–Me alegro, pero llama a mi hermana, Harry. Se ha quedado muy preocupada –era mejor que Ellie lo oyera todo de Harry. Lucy la llamaría por la noche. Con un poco de suerte, Michael ya se habría despertado y Lucy tendría noticias más personales.

–En cuanto te haya dejado con Michael –le prometió él.

Harry no había exagerado con el aspecto de Michael. Verlo fue efectivamente un golpe muy duro, pero se dijo que era algo temporal y que se recuperaría por completo. Harry le acercó una silla a la cama y ella se sentó y agarró la mano izquierda de Michael. Tenía la piel cálida. Por muy desagradable que fuera su aspecto, seguía vivo y ella quería que la aceptara en su vida.

Pero ¿seguiría habiendo futuro para ellos después de la respuesta que ella le había dado en el baile?

Harry salió de la habitación, seguramente para llamar a Ellie. A Lucy le dolía la cabeza y estaba demasiado cansada para seguir pensando. Además, sería inútil darle vueltas al asunto hasta que Michael recobrara el conocimiento. Apoyó la cabeza en la cama, junto a la mano que seguía sosteniendo. El esfuerzo para llegar hasta allí había consumido sus pocas energías y se quedó dormida sin darse cuenta.

Un apretón en la mano la despertó de golpe. Michael tenía los ojos entreabiertos e intentaba llamar la atención de Lucy.

–¿Dónde estoy?

–En el hospital, Mickey –respondió Harry, levantándose de una silla al otro lado de la cama–. No te muevas. Te has roto varios huesos.

–¿Cómo? ¿Por qué? Apenas puedo abrir los ojos.

–Tuviste un accidente de coche y has sufrido heridas en la cara y el cuerpo.

–¿Graves?

–Te recuperarás, pero hará falta tiempo.

–Me duele al respirar.

–Por las costillas rotas.

–Un accidente de coche... No recuerdo nada.

–También has sufrido una conmoción. Los médicos me han advertido que tal vez no recuperes los recuerdos de anoche.

Lucy le lanzó una mirada inquisitiva a Harry, quien asintió con la cabeza. No le había mencionado aquel detalle.

–Lucy está aquí. Voy a buscar al médico. Me dijo que lo avisara en cuanto recuperaras la conciencia. Él responderá a todas tus preguntas.

Michael desvió la mirada hacia Lucy y volvió a apretarle la mano.

–Lucy... –dijo, como si le gustara su nombre.

Ella le sonrió.

–Te vas a poner bien.

–Recuerdo que comimos en el Thala Beach Lodge. ¿Qué pasó anoche?

–Fuimos a un baile en el casino. Estuvimos bailando durante horas y luego nos sirvieron una cena a base de marisco. Yo debí de tomar algo en mal estado y sufrí una intoxicación. Tú me llevaste a casa y luego saliste a buscar una farmacia de guardia. Harry me dijo que un coche robado te embistió en un cruce. El conductor estaba borracho y se saltó un semáforo en rojo.

Él sacudió ligeramente la cabeza e hizo una mueca de dolor.

–No recuerdo nada de eso.

–No te preocupes.

–Una intoxicación... anoche... Debes de sentirte fatal, Lucy.

A Lucy le dio un vuelco el corazón. A pesar de estar en un estado lamentable, Michael seguía preocupándose por ella.

–Sobreviviré –respondió para quitarle importancia–. Tenía que verte y estar contigo, Michael. Ellie me llamó para contarme lo del accidente y me llevé un susto de muerte –le sonrió–. Estaba decidida a pegarme a ti como una lapa hasta que te recuperaras.

–Esta es mi chica –dijo él con un atisbo de sonrisa.

La alegría que le provocaban aquellas palabras era inmensa, como si nada hubiese cambiado entre ellos.

Harry regresó con el médico y Lucy se apartó para permitir que examinaran a Michael. Estaba agotada. Miró el reloj y vio que se había pasado tres horas durmiendo, pero las piernas aún no podían sostenerla del todo.

El médico les explicó los procedimientos a seguir,

qué, cómo y cuándo debía hacerse. Aclaró las dudas de Michael, le administró una inyección de morfina y se marchó.

–Tienes que irte a casa a descansar, Lucy –le dijo Michael–. Necesitas recuperarte de la intoxicación, y seguramente yo esté fuera de combate hoy y mañana –miró a su hermano–. Haz que se vaya, Harry.

–Lo haré.

Ella no quería marcharse, pero realmente debía hacerlo.

–De acuerdo –aceptó, volviendo a agarrarlo de la mano–. Volveré mañana por la noche. Espero que la operación salga bien.

–No te preocupes. Las operaciones de cadera no revisten el menor riesgo.

Ella se inclinó para besarlo suavemente en los labios.

–Pensaré en ti cada minuto.

Harry la acompañó a la salida y le pidió un taxi.

–Cuídate, Lucy. Mi hermano va a necesitarte en los días venideros.

A Lucy le agradó que la viese como una parte importante en la vida de Michael. Y tal vez pudiera hacerlo si Michael nunca recordara la desagradable conversación del baile. El pequeño incidente con Jason Lester no había tenido la menor importancia para él, pero el encuentro con su último ex había sembrado la duda en su cabeza. Si aquel recuerdo desaparecía para siempre... todo podría ir bien entre ellos.

Lucy necesitaba desesperadamente a su príncipe.

No podría soportar que se convirtiera en sapo.

Capítulo 15

PARA Michael la semana fue un infierno. El brazo roto era un engorro porque no podía usarlo. Las costillas fracturadas le dolían horriblemente con el menor movimiento, y lo peor era que tenía que moverse. Las enfermeras lo sacaban de la cama todos los días después de la operación de cadera y lo hacían caminar por el pasillo para trabajar los músculos alrededor de la pieza de titanio introducida.

Además tenía que dejar el negocio en manos de Harry. Su hermano manejaba bien la empresa, siguiendo sus instrucciones, pero no tenía la creatividad necesaria para acometer nuevas iniciativas. Eso no era un verdadero problema y todo volvería a la normalidad en cuanto Michael regresara, pero le molestaba no tenerlo todo bajo control. Habría sido más sencillo para Harry si Elizabeth hubiera estado en la oficina. No había secretaria mejor que ella, pero se había quedado en la isla para hacerse cargo del complejo mientras Harry hacía el trabajo de Michael.

El accidente no podía haber ocurrido en un momento peor, cuando no tenía a nadie de confianza en la oficina. Andrew Cook era un completo inútil y no había habido tiempo para buscarle un sustituto eficaz a Elizabeth.

Lo único bueno de su vida en esos momentos era Lucy.

Estaba muy contento de que hubiera decidido pasar por alto el desliz del baile. Seguía sin recordar el accidente, pero tras la operación de cadera comenzaba a recuperar la memoria.

Como su vida no corría peligro, temía que Lucy no volviera a visitarlo, pero ella apareció el lunes por la noche y todas las noches sucesivas. Le daba conversación, sonrisas y masajes en los pies, sin preocuparse por su horrible aspecto.

Habían trasladado a Michael a una habitación privada con televisión para que la estancia en el hospital fuera menos tediosa. No tenía ninguna queja respecto al personal médico, y el fisioterapeuta era especialmente bueno. Sus amigos iban a verlo y le llevaban regalos para animarlo un poco. Harry lo mantenía al corriente de los negocios y su compañía siempre era bienvenida. Pero era Lucy quien llenaba de luz la habitación. Lo hacía sentirse afortunado de estar vivo y de tenerla a ella en su vida.

El sábado Lucy no trabajaba y le había prometido que iría a verlo por la mañana. Mientras la esperaba, estuvo leyendo, o intentando leer, el periódico que había pedido. Era el *Sydney Morning Herald*, y el gran tamaño de sus páginas complicaba bastante su lectura cuando solo se disponía de un brazo útil.

Finalmente consiguió abrirlo por la sección de economía, tirando el resto de páginas al suelo, y encontró un artículo de su interés. Por desgracia, la vista se le nublaba al intentar descifrar la minúscula letra de imprenta. Seguramente fuera una secuela de la conmoción. La hinchazón había desaparecido y de nuevo podía abrir los ojos sin problemas, pero para usarlos con normalidad tendría que esperar.

Estaba rumiando su resignación cuando apareció Lucy, tan hermosa y radiante como siempre. Se había recogido descuidadamente el pelo en la coronilla y los ojos le brillaban con entusiasmo. Llevaba unos vaqueros morados, una camiseta sin mangas con estampados blancos, morados y limas, los mismos colores que sus grandes pendientes y brazaletes.

–Tienes muy buen aspecto, Lucy –la alabó él con una sonrisa.

–Me gusta vestirme con esta ropa –dijo ella, riendo–. Es muy alegre.

Tanto como un carnaval lleno de sorpresas, pensó él.

Le había llegado una sorpresa. Una rosa amarilla en un jarrón de cristal de cuello largo.

–¿Verdad que es preciosa, Michael? Ayer fui al cementerio y me encontré con el viejo que había plantado un rosal en la tumba de su esposa. Me cortó esta para mí, pero aún no había florecido del todo y he esperado hasta hoy para traértela –colocó el jarrón en la mesilla–. Su fragancia eliminará el olor a antiséptico y te hará sentir mejor.

–Seguro que sí. Gracias, Lucy.

–No hay de qué.

Se inclinó y lo besó. El deseo se apoderaba de él nada más verla, pero las costillas rotas le impedían hacer nada y tuvo que resignarse a que se sentara en una silla.

–¡Qué desorden! –dijo mientras recogía las hojas del periódico del suelo.

Michael recordó el artículo que había intentado leer, el cual seguía en la cama. Necesitaba algo para distraerse del deseo insatisfecho.

–Déjalo y siéntate. Hay algo que quiero que me leas. Tengo la vista muy borrosa y no puedo leer la letra pequeña. Es un artículo de economía.

Lucy agarró las hojas que le tendía y frunció el ceño.

–¿De economía? –preguntó con una sonrisa fugaz–. ¿No sería mejor que te lo leyera Harry y que lo discutierais juntos? Yo no entiendo nada de esas cosas.

–Harry se ha ido a la isla con el tipo que ocupará el puesto de gerente en cuanto Elizabeth le dé su visto bueno. No volverá hasta mañana. Además, no quiero discutir nada. Solo quiero saber lo que dice. Me irrita no poder leerlo. Por favor, Lucy. Solo serán cinco minutos.

Lucy ya no sonreía.

–Preferiría no hacerlo –le confesó, visiblemente angustiada.

–¿Por qué no?

No entendía qué problema podía haber. Lucy había bajado la mirada y estaba muy tensa, como si se dispusiera a salir corriendo.

–¿Lucy?

Ella dejó lentamente la sección del periódico en la cama y juntó las manos en el regazo. Respiró profundamente y miró a Michael a los ojos como si estuviera ante un temible inquisidor.

–No puedo, Michael.

–¿Cómo que no puedes?

–Nací con dislexia. Tengo dificultad para leer y escribir.

Dislexia...

Michael no sabía mucho sobre aquella discapacidad. Tan solo que las personas que la padecían confundían las letras escritas.

Lucy se encogió de hombros. Tenía los ojos tristes y apagados.

–Normalmente me las arreglo bien, pero por culpa de la dislexia he perdido muchos trabajos y relaciones. Sé que no estoy a tu altura, Michael. Solo quería que me amaras durante un tiempo –las lágrimas afluyeron a sus ojos–. Y lo has hecho... Ha sido maravilloso.

A Michael aquello le sonó a discurso de despedida.

–Espera un momento... Esto no cambia nada, Lucy. Eres mi chica. Lo que espero de ti es que compartas todos tus problemas conmigo. No tienes que ocultarme nada.

Ella se mordió el labio y agachó la cabeza. A Michael se le partía el corazón al verla tan abatida. Era una mujer extraordinaria que debía hacer frente a una incapacidad intelectual. Para ello se necesitaba una fuerza de voluntad increíble, y Michael admiraba su esfuerzo y tesón para sobreponerse a las dificultades y buscar sus oportunidades sin perder la sonrisa. Era algo que muy poca gente podía lograr.

Mientras esperaba a que Lucy se recompusiera, pensó en las últimas semanas y recordó los detalles que había pasado por alto. El error sobre el chile de cangrejo que no aparecía en el menú, su costumbre de pedir lo que le recomendaba el camarero o lo que consumían otras personas, su rechazo a ocupar el puesto de secretaria que Elizabeth dejaba vacante...

La revelación lo ayudó a entender muchas cosas sobre Lucy: por qué había sido ella, y no Ellie, la que dejó los estudios para cuidar a su madre; por qué en ninguno de sus empleos había desempeñado labores administrativas y por qué le duraban tan poco; por qué no podía hacer ninguna carrera...

Había hecho lo que había podido, valiéndose del apoyo incondicional de Elizabeth.

Pasara lo que pasara, Lucy siempre contaría con su hermana.

Michael recordó la valoración que había hecho Sarah Pickard de ella. No podría haber sido más acertada. Lucy intentaba disimular su incapacidad con un carácter distraído y despreocupado. No era una inútil, ni muchísimo menos, pero la dislexia la hacía sentirse así. Sarah también había dado en el clavo al sugerir que Lucy tenía una opinión muy pobre de sí misma. ¿Cómo no iba a tenerla si la gente la rechazaba por culpa de su minusvalía?

–Lucy, creo que eres maravillosa –le dijo en tono suave. Quería que se sintiera bien consigo misma.

Ella lo miró con los ojos llenos de lágrimas.

–Lo digo en serio –aseguró él, sosteniéndole la mirada con una convicción total–. No importa cuánta gente te haya rechazado por tu dislexia; tú has seguido adelante, has dado el máximo de tus capacidades, has superado todos los obstáculos que salían a tu paso y no te has dejado vencer por el desánimo. Eres maravillosa, Lucy.

–Pero... –frunció el ceño, insegura–, también tú ves que tengo un defecto.

–¿Y quién no los tiene? –replicó él–. Harry dice que tengo una visión tubular y que solo puedo ver lo que tengo ante mis ojos. Tú estás ante mí, Lucy, y me gusta lo que veo –alargó el brazo–. Dame la mano.

Ella levantó lentamente la mano y él se la apretó.

–Me da igual que no puedas leer ni escribir. Me gusta que estés conmigo. Y ahora regálame una sonrisa.

Fue una sonrisa temblorosa, pero al menos llevó un brillo de esperanza a sus ojos.

–Puedo leer y escribir, Michael. Pero muy despacio y con mucho esfuerzo. Se me da mejor memorizar cosas. Así me saqué el carné de conducir. Ellie me preparó hasta saber las respuestas de memoria y reconocer las preguntas. Siempre me ha ayudado cuando lo necesitaba, aunque no me gusta aprovecharme de ella y procuro valerme por mí misma.

–Y lo haces muy bien –afirmó Michael–. Nunca habría imaginado que tuvieras dislexia.

–No es algo que me guste revelar –admitió ella con una mueca–. Preferiría que me vieran como a alguien normal.

–Estás por encima de la normalidad, Lucy. Eres una persona muy especial.

Lucy volvió a sonreír.

–Mi madre también me lo decía... y que mi sonrisa valía más que mil palabras.

–Y tenía razón.

–Pero no siempre me sirvió de mucho. El tipo con el que estuve antes que contigo, el obseso del control, hacía listas con las cosas que quería que yo hiciera. Su letra era indescifrable y al final ignoré sus listas e hice lo que quería. Se puso muy furioso y me llamó de todo.

–Y por eso lo dejaste.

–Sí. Podría haberle hablado de mi dislexia, pero no me gusta la gente así. Mi padre abusaba de mi madre –sacudió la cabeza–. No quiero lo mismo en mi vida.

Michael asintió.

–Es del todo inaceptable.

Lucy le dedicó una radiante sonrisa que volvió a iluminar la habitación.

Sabiendo lo que ya sabía, Michael se arrepintió de no haberle partido la cara a aquel tipejo en el lavabo de caballeros. La violencia también era inaceptable, pero al menos debería haber apoyado a Lucy y no haberle preguntado por su vida sexual. La pregunta había estado fuera de lugar y casi lo había convertido en un sapo.

Nunca más, se juró a sí mismo. A nadie le gustaría perder a Lucy, y si alguien se sentía herido en su ego intentaría difamarla ante el hombre que ella hubiera elegido.

Se preguntó cuántos abusos habría sufrido por su dislexia.

–Tus años de escuela debieron de ser muy duros –dijo, pensando en la indiferencia de los profesores y las burlas de los compañeros.

–Sí y no. El estudio era una pesadilla, pero se me daban bien los deportes y eso me ayudó a ganarme el respeto en clase. Incluso hice algunas amistades que siempre me apoyaron. Pero también tuve que soportar el acoso de aquellos que se creían superiores.

–Cuéntame –le pidió Michael. Quería que expulsara todo lo que había ocultado durante años y se sintiera libre para estar con él.

Lucy no podía creerse que Michael hubiera aceptado su minusvalía como si no fuera un defecto. La animaba a hablar de ello, de los problemas que le había causado y de cómo los había sorteado. Ella bromeó con algunas situaciones y le resultó extrañamente divertido reírse juntos. Otras experiencias más serias, en cambio, aumentaron la simpatía y la admiración de Michael por ella y por su capacidad de superación.

Estuvieron hablando todo el día, y cuando Lucy abandonó finalmente el hospital lo hizo envuelta en una nube de euforia y felicidad. La sensación de libertad por haber revelado su dislexia era tan excitante que quería ponerse a batir palmas y bailar por la calle.

A Michael le gustaba tal y como era.

Tal vez incluso la amara por ser como era.

Y él, desde luego, era un príncipe.

Capítulo 16

LUCY adquirió la costumbre de ir a visitar a Michael inmediatamente después del trabajo. El jueves por la noche no se quedó mucho tiempo, ya que Harry estaba allí para encargarse de que le dieran el alta a Michael al día siguiente. Ellie también había regresado de la isla, satisfecha con el nuevo gerente. Habían pasado casi tres semanas desde que las dos hermanas se vieron.

La encontró en la cocina, preparando una ensalada.

–¡Hola, Lucy! –la saludó con una sonrisa–. ¿Has cenado?

–No. ¿Hay bastante para dos?

–Claro. No había casi nada en la nevera, así que salí a hacer la compra.

–Estos días he estado con Michael casi todo el tiempo.

–¿Cómo está hoy?

–Sigue con molestias, pero ya puede caminar con la ayuda de un bastón y mañana le darán el alta.

–Eso me ha dicho Harry. Te ayudaré en la oficina hasta que Michael esté listo para volver a trabajar. Y también me ocuparé de preparar a mi sustituta.

–Muy bien. ¿Y tienes idea de lo que quieres hacer después?

–¡Sí! –exclamó alegremente–. Hay una botella de

Sauvignon Blanc en la nevera. ¿Qué tal si la abres y brindamos por el futuro?

A Lucy le encantaba ver a su hermana tan animada. El mes que había pasado en la isla había ejercido un gran cambio en ella. O quizá había sido Harry.

Abrió la botella y sirvió dos copas.

–¿Es un futuro con Harry? –le preguntó, esperanzada.

–Me ha pedido que me case con él. Y voy a hacerlo, Lucy.

–¡Pero es genial! –dejó la copa y abrazó fuertemente a su hermana–. Me alegro muchísimo por los dos...

–Yo también. Creo que estamos muy bien juntos.

El rostro le resplandecía de amor y felicidad. Era estupendo verla tan contenta. Ellie se merecía un buen hombre que la quisiera.

–¿Y a ti cómo te va con Michael?

–No te preocupes por eso. Quiero que Harry y tú seáis felices sin preocuparos por nadie más. Me prometiste que a mí me dejarías al margen, ¿recuerdas?

–Sí, y eso haré. Pero no puedo evitar preocuparme por ti. Supongo que sigues enamorada de él.

–Lo amo con locura y creo que él a mí también, aunque la relación que teníamos se ha visto interrumpida por el accidente.

–Lucy, la relación ha de ser algo más que sexo.

–Lo sé –pero Michael aún no recordaba haberle preguntado con cuántos hombres se había acostado. Y esa duda podría volver a invadirlo en cualquier momento.

–Cuando me llamaste el domingo pasado me dijiste

que había aceptado tu dislexia sin problemas. Eso es bueno, ¿no?

–¡Es estupendo! Odiaba tener que confesárselo, pero se mostró increíblemente amable y comprensivo. Y no te imaginas qué alivio supone no tener que esconderlo.

–Entonces te sigue tratando igual que antes...

–Como si no hubiera pasado nada. Me encanta estar con él, Ellie.

–Bueno, según me ha contado Harry, a él también le encanta estar contigo –sonrió–. ¿Quién sabe? Puede que acabemos formando una familia feliz todos juntos.

–Puede –corroboró Lucy, pero en el fondo no se atrevía a creerlo.

Una cosa era fantasear con un futuro ideal, pero otra muy distinta hacerlo realidad. Por mucho que amara a Michael, el matrimonio era otra cosa. Michael Finn era la clase de hombre que querría tener hijos, y por mucho que a ella la admirase no se arriesgaría a concebir hijos que pudieran heredar su dislexia.

Lucy no tenía garantías de que no le transmitiera su incapacidad a un hijo suyo. Había ignorado aquella amarga realidad mientras se regocijaba con su príncipe azul, pero esa verdad siempre estaría ahí. Ellie, en cambio, no tenía ningún gen defectuoso y podría formar una familia con Harry.

En cuanto a ella, hacía tiempo que había descartado la idea de casarse y tener hijos. Pensaba que se podía vivir juntos siempre que la pareja aceptara la situación, pero hasta el momento ninguna de sus relaciones había alcanzado ese nivel de aceptación mutua y compromiso. Le encantaría estar siempre con Michael, pero sabía que era un sueño irrealizable.

Sin embargo, no iba a renunciar a la felicidad que sentía con él mientras él fuera feliz con ella. Viviría cada día como si fuera el último, pues nunca se sabía cuándo llegaría el final. El accidente de Michael era un siniestro recordatorio de esa certeza.

Pero tres semanas después del accidente, Lucy no sintió felicidad alguna, sino pánico, cuando no le llegó la regla. Nunca se le retrasaba. La píldora actuaba como un reloj suizo en su ciclo menstrual. Únicamente había dejado de tomarla una noche... la noche del baile, cuando estaba tan enferma y mareada que ni siquiera se acordó. Y a la mañana siguiente tampoco pensó en ello, conmocionada por el accidente de Michael.

Después de comer en el Thala Beach Lodge, habían hecho el amor durante horas, antes de prepararse para ir al baile. El recuerdo de aquella tarde tan maravillosa se cernía sobre ella como una sombra funesta, e intentó convencerse de que el destino no podía ser tan cruel. No podía castigarla con un embarazo no deseado solo por una desafortunada noche. Lucy siempre había sido extremadamente cuidadosa, tanto por su discapacidad como por la desgracia que a su madre le había acarreado un embarazo no deseado. No era justo que lo mismo le ocurriera a ella.

A la cuarta semana tuvo que rendirse a la evidencia.

Mirando el resultado del test de embarazo, sintió que el suelo se abría bajo sus pies. El choque la dejó tan conmocionada que tuvo que sentarse en la tapa del retrete para no caerse y respirar profundamente para relajarse.

Una parte de ella se resistía a aceptar la aterradora verdad. No debería haberle pasado a ella. No era justo. No era la primera vez que se sentía perdida, pero en aquella ocasión no había marcha atrás... Y el único camino que tenía por delante estaba envuelto en una espeluznante niebla.

Cuando se sintió lo bastante fuerte, recogió el test de embarazo y se lo llevó al dormitorio para esconderlo en el armario. Su primer impulso era siempre ocultar el problema, y aquel era demasiado grande para encararlo. Se tumbó en la cama y se cubrió con la colcha, hizo un ovillo con el cuerpo y deseó no haber nacido.

El tiempo transcurrió lentamente, envuelta en una nube de autocompasión, hasta que Ellie llamó a la puerta. Al no recibir respuesta, entró y le preguntó qué le pasaba.

–No me siento bien –murmuró–. No voy a ir a trabajar. Dile a Michael que hoy no podré ir a verlo.

–¿Qué te ocurre? ¿Puedo traerte algo?

–No. Déjame descansar, Ellie. Solo quiero dormir.

–De acuerdo. Llámame si me necesitas.

No, no podía confiarle a su hermana un problema de tal magnitud y arruinar la felicidad que estaba viviendo en esos momentos. Tenía que ocultarlo, al menos hasta que Ellie se hubiera casado con Harry. Y ni siquiera entonces querría ser una carga para ellos.

El embarazo lo hacía todo tan difícil...

Sobre todo siendo Michael el hermano de Harry.

Tampoco quería pensar en Michael. No soportaría que se sintiera obligado a casarse con ella si le confesaba estar embarazada. O peor, tal vez dudara de que el hijo fuera suyo...

Al día siguiente tomaría una decisión al respecto, pero hasta que no pudiera pensar con claridad sería mejor que no se vieran ni hablaran. De modo que apagó el móvil para que no pudiese contactar con ella. Necesitaba tiempo para asumir la situación.

Michael no soportaba estar incapacitado. Podía moverse por su apartamento, muy despacio, y hacer bastantes cosas él solo, muy despacio, pero hasta que no se le soldaran el brazo derecho y las costillas no podría hacer nada en la oficina. También intentaba abandonar los analgésicos, lo que significaba sufrir un malestar continuo. Al menos podía estar tranquilo en lo referente a la empresa, pues Elizabeth había regresado de la isla y estaba en la oficina ayudando a Harry. A su eficiente secretaria nunca se le pasaba un detalle por alto.

Le sorprendía que Harry hubiera decidido casarse con ella. No se había imaginado que la atracción fuera tan profunda por ambas partes. A Elizabeth siempre la había sacado de quicio el continuo flirteo de Harry y él se lo había tomado como un desafío personal. Al final la había conquistado, pero Michael no se esperaba que llegasen tan lejos. Era una agradable sorpresa, no obstante. Estaba encantado con tener a Elizabeth de cuñada. Era una mujer admirable: responsable, atenta, inteligente y digna de confianza. Harry no podría haber elegido a nadie mejor para compartir su vida.

De hecho, la elección de su hermano lo había animado a pensar en Lucy como en una pareja estable. Era muy distinta a su hermana, y en muchos aspectos era más adorable. Michael admiraba su fuerza de voluntad y capacidad de superación. La dislexia no limitaba su inteligencia. Sabía que la quería en su vida, pero su vida no era muy normal en aquellos momentos. No era el momento de pensar en un futuro con nadie.

Se pasó una hora hojeando los folletos de los nuevos aparejos de pesca, que tenía esparcidos por la mesa para facilitarle la tarea. A las diez en punto Elizabeth entró en el apartamento, con el café y la magdalena de chocolate que compraba en la cafetería de la planta baja, como había hecho a diario desde que trabajaba para él.

—¿Cómo te encuentras esta mañana? —le preguntó alegremente.

—Bastante bien —se había resignado a buscarle un sustituto, y dudaba que nadie pudiera estar a su altura.

—Lucy no está tan bien —comentó ella, dejándole el café y la magdalena en la mesa, junto a su mano izquierda—. Debe de haber pillado algún virus, porque no ha ido a trabajar y me ha dicho que tampoco podrá venir a verte hoy.

Michael frunció el ceño.

—Estos dos últimos días la he visto un poco distinta, más seria y apagada. La llamaré.

—Espera un rato, Michael. Me ha dicho que quería dormir.

—Está bien. Gracias por el café.

Esperó hasta la hora de comer para llamar a Lucy, pero no consiguió contactar con ella. Tenía el móvil apagado, y así continuó toda la tarde. ¿Estaría tan enferma que no quería hablar con nadie? Michael recordó la rosa amarilla que le había llevado al hospital para hacerlo sentir mejor y, siguiendo un impulso, llamó a Jack Pickard.

–Soy Michael Finn, Jack. Tengo que pedirte un favor.

–Lo que sea, Mickey.

–¿Recuerdas la rosa Pal Joey que Lucy estuvo admirando cuando fuimos a vuestra casa? ¿No tendrías por casualidad una en flor?

–Varias. Sarah estaba hablando de ellas esta mañana.

–¿Podrías cortar una para Lucy? Enviaré el helicóptero para recogerla. Si pudieras tenerla lista...

–Descuida. Una chica encantadora, esa Lucy.

–Sí que lo es. Gracias, Jack. El helicóptero llegará dentro de una hora.

Inmediatamente se puso a prepararlo todo para que llevaran la rosa a la oficina a las cinco en punto, y luego llamó a Elizabeth.

–Quiero que le lleves la rosa a Lucy. Dile que es de mi parte para que se sienta mejor y dile que me llame, ¿de acuerdo?

–De acuerdo. Es un gesto muy bonito, Michael. Seguro que Lucy lo apreciará.

Michael se quedó sonriente y optimista. Con suerte, Lucy estaría lo bastante bien para hablar con él aquella noche. Ella lo hacía olvidarse del dolor. Echaba terriblemente de menos el sexo y maldecía sus huesos rotos por privarlo de aquel placer. Ya llevaba cuatro semanas así y seguramente le quedaban otras cuatro. Tenía que ser paciente si quería recuperarse por completo. Lucy seguía con él, a pesar de la metedura de pata en el baile.

Lucy continuaba en la cama, oculta bajo la colcha cuando su hermana llegó a casa. Había llorado hasta quedarse dormida y permaneció con los ojos cerrados cuando Ellie entró en la habitación.

–¿Estás despierta? –le preguntó suavemente–. Te he traído una taza de té y una rosa de Michael.

¿Una rosa?

La esperanza renació en su interior. ¿Sería posible que Michael la amara de verdad, sin importarle nada más? Con el corazón desbocado, se incorporó y abrió los ojos para ver a Ellie con una rosa amarilla en el mismo jarrón que ella le había llevado al hospital.

Una rosa amarilla, no roja.

No era una rosa de amor.

Los ojos se le llenaron tan rápidamente de lágrimas que no tuvo tiempo de ocultarlas. Ellie la vio y se sentó a su lado para acariciarle la frente.

–¿Qué ocurre, Lucy?

–Nada.

–No te creo. Dime qué te pasa.

–No me siento bien, eso es todo.

–Tu frente está fría, así que no puedes tener fiebre. Y has apagado el móvil... Ni Michael ni yo hemos podido localizarte hoy.

–No quería hablar con nadie. Déjame sola, Ellie. No me apetece hablar.

–Estás ocultando algo, Lucy.

–No.

–Claro que sí. Y no es la primera vez. Te conozco, Lucy.

–Déjame, Ellie... Por favor –le suplicó, hundiendo el rostro en la almohada.

Su hermana soltó un resoplido de frustración.

–Está bien, pero al menos llama a Michael y dale

las gracias por la rosa. Se tomó muchas molestias para conseguírtela.

–Es el color equivocado –murmuró ella sin despegarse de la almohada.

–¿Qué quieres decir? Michael dijo que era una rosa que a ti te gustaba especialmente. Llamó a Jack Pickard para que le diera una de las que cultiva en la isla, y mandó que fueran a buscarla en helicóptero para que tú pudieras olerla. Lo menos que se merece es una llamada de agradecimiento –declaró con autoridad–. Me da igual lo mal que te sientas. Voy a encender tu móvil y...

–¡No! –rápidamente alargó el brazo y le arrebató el móvil a su hermana.

–Pero ¿qué...?

Lucy se aferró el móvil al pecho.

–¡No puedo hablar con él!

–¿Por qué no?

–Déjame en paz.

–¡De eso nada! Ya está bien, Lucy. Dime qué te ocurre, vamos. No me iré hasta que me lo digas.

Lucy se mordió el labio. Las lágrimas seguían resbalándole por las mejillas.

–¡Dímelo! –le ordenó Ellie.

–Es inútil... Tú no puedes hacer nada, Ellie.

Su hermana respiró profundamente.

–¿Has descubierto que tienes cáncer, como mamá?

Lucy ahogó un gemido de horror.

–No...

–Estupendo. Hemos superado muchas cosas juntas, Lucy. Sea lo que sea, tenga solución o no, lo afrontaremos juntas. Dime cuál es el problema.

Su hermana... Su apoyo incondicional.

Siempre estaría ahí para ella, pasara lo que pasara.

La resistencia de Lucy se derrumbó.

Había que enfrentarse al problema, y Ellie tenía razón.

Tenían que hacerlo juntas.

Capítulo 17

MICHAEL daba vueltas por el ático, golpeando las baldosas con el bastón, demasiado nervioso para sentarse y desayunar con Harry.

–Dile a Elizabeth que venga aquí en cuanto llegue a la oficina –le ordenó a su hermano.

–Solo porque ninguna quisiera responder anoche al teléfono... –empezó Harry.

–Quiero saber por qué –lo cortó Michael–. ¡Y quiero saberlo ya!

–Está bien –Harry levantó las manos en un gesto de rendición–. Pero recuerda ser amable con Elizabeth. No es culpa suya que Lucy esté enferma y no le apetezca hablar.

–Hay algo más –insistió Michael–. Lo siento en los huesos.

–Seguramente porque están rotos.

–No conoces a Lucy tan bien como yo. Creo que intenta alejarse de mí ahora que me estoy recuperando.

–¿Por qué? Espero que no te hayas acostumbrado a que te sirva en todo como ha estado haciendo este mes, Mickey. Es la hermana de Elizabeth.

–No, no se trata de eso –recordaba haberse sentido como un sapo en el baile. Lucy no se merecía estar con un inválido, y eso era lo que él había sido desde el accidente. Se había mostrado extremadamente atenta y afectuosa, pero Michael ya estaba casi recuperado y había que contemplar otras cuestiones. En especial algo que no se atrevía a confesarle a Harry–. Por favor, dile a Elizabeth que necesito hablar con ella.

–De acuerdo.

Esperó con impaciencia hasta que Elizabeth llegó al apartamento, y al ver su expresión se disparó una alarma en su cabeza.

–Buenos días, Michael –lo saludó en un tono excesivamente formal y nada tranquilizador.

–Elizabeth –le señaló un sillón–. Siéntate.

Él se apoyó en el brazo de otro sillón, frente a ella.

–¿Qué pasa con Lucy? –le preguntó sin más preámbulos.

Elizabeth lo miró fijamente durante unos segundos.

–Lucy está embarazada.

–Embarazada... –repitió él, tan aturdido que no supo qué pensar.

–La noche del baile se olvidó de tomar la píldora por culpa de la intoxicación, y lo mismo le pasó al día siguiente al enterarse de tu accidente. Solo se le olvidó esa vez, pero desafortunadamente os habíais acostado la tarde antes del baile. Así fue cómo sucedió.

Todo estaba muy claro. Sabiendo lo cuidadosa que era Lucy con el sexo seguro, era fácil imaginar hasta qué punto estaría afectada por aquel único desliz. Y por eso llevaba una semana manteniendo las distancias. Era un motivo de peso. Aun así, debería habérselo contado.

–¿Por qué no me lo dijo?

Elizabeth volvió a mirarlo con dureza.

–¿Aceptas que eres tú el padre, Michael?

–¡Pues claro que lo acepto! ¿Por qué no habría de hacerlo?

–Lucy no creía que lo aceptaras. Cree que estás obsesionado con saber con cuántos hombres se ha acostado en su vida. Me dijo que se lo preguntaste la noche del baile.

Michael apretó los dientes, avergonzado e incapaz de deshacer su error.

Elizabeth respiró hondo y continuó:

–Si es algo que siempre va a estar rondando tu cabeza...

–¡No! –exclamó con vehemencia–. Se lo pregunté por lo que otros hombres me habían dicho sobre ella, pero nada más preguntárselo me di cuenta de que no me importaba. No tiene la menor relevancia para mí ni para lo nuestro, y me he arrepentido desde entonces.

Elizabeth suspiró con alivio.

–Bien, me alegra saberlo. No podría aceptarte si pensaras mal de mi hermana.

–No pienso mal de ella. Quiero a tu hermana, Elizabeth –lo dijo sin pensar, pero era cierto.

Elizabeth lo miró, no muy convencida.

–Lucy no lo sabe, Michael. Y para nosotras el amor es algo muy importante. Te pido por favor que no te lo tomes a la ligera.

–Se lo diré. Y haremos que esto funcione.

Otro suspiro. Y otra mirada recelosa.

–Sabes lo de su dislexia. En los planes de Lucy nunca ha entrado casarse ni tener hijos.

–¿Está pensando en abortar? –preguntó él, horrorizado.

–No. Lucy valora demasiado la vida como para elegir esa opción, pero está muy preocupada de que pueda transmitirle su discapacidad a su hijo. Y cree que tú no aceptarías de buen grado un hijo discapacitado.

Michael veía crecer ante él la montaña de inseguridades de Lucy. No solo temía que la rechazara, sino que rechazara también a su hijo. Sarah Pickard le había dicho que Lucy tal vez no creyera ser lo bastante buena para él. De hecho, ella misma se lo había dicho. «Sé que no estoy a tu altura, Michael».

Michael tendría que encontrar el modo de escalar aquella montaña.

Sacudió la cabeza y se reprendió a sí mismo por haber pensado que Lucy iba detrás de su dinero. Nada podría estar más lejos de la realidad. Lucy no había planeado nada ni había esperado nada de él, salvo que tarde o temprano se convirtiera en un sapo y todo acabara para siempre.

Pues bien. El sapo saltaría cualquier obstáculo y se convertiría en el príncipe que Lucy tanto necesitaba.

–Gracias por contármelo, Elizabeth –le dijo sinceramente–. Tomaré mi decisión a partir de lo que ya sé.

Ella se levantó y dudó un momento antes de dirigirse hacia la puerta.

–Los cuatro vamos a tener que vivir con lo que decidas, Michael. Debes tomar una decisión honesta, sea cual sea. Si intentas actuar por un sentido del honor y la decencia, al final solo conseguirás provocar más daño.

Honor y decencia...

–Lucy y yo siempre nos tendremos la una a la otra –continuó Elizabeth–. No tienes obligación de formar parte de su vida. ¿Entiendes? Debes ser sincero para que sepamos adónde nos dirigimos y cómo conseguirlo.

Él asintió. Veía muy claramente la encrucijada donde se encontraban los cuatro... los dos hermanos y las dos hermanas. Elizabeth y Harry tenían una relación solida y seguirían adelante. Lucy y él, en cambio, estaban a punto de tomar caminos opuestos si él no tomaba la decisión acertada... para ambos. Y en el centro de la encrucijada había un niño que siempre sería el punto de unión entre todos ellos. Un niño por el que sus caminos volverían a cruzarse en el futuro, fuente de conflictos o alegrías.

Elizabeth estaba en la puerta y se disponía a abrirla cuando a Michael se le ocurrió preguntarle otra cosa.

–¿Qué le pareció a Lucy la rosa que le llevaste ayer?

La respuesta estuvo precedida de una mueca amarga.

–Se puso a llorar, y cuando le pregunté qué le pasaba me dijo que era el color equivocado.

Aquello no tenía sentido.

–Esa rosa siempre ha sido amarilla.

Elizabeth suspiró con pesar.

–Creo que Lucy quería una rosa roja de ti, Michael.

–Una rosa roja... –repitió él, sin comprender.

–La rosa roja simboliza el amor –le aclaró ella–. Pero, por favor, no se la des a menos que realmente lo sientas.

Se marchó y dejó a Michael con una clara exposición de los hechos.

Como buena secretaria.

Enseguida se puso a pensar en Lucy y en su futuro hijo.

Tenía que tomar una decisión.

Quería recuperar a su chica, que en esos momentos estaba sumida en las sombras. Unas las había proyectado él, y otras las provocaba esa dislexia que había oscurecido tantas y tantas partes de su vida, hasta el punto de temer transmitírsela a su hijo.

Tenía que rescatarla de aquellas sombras.

Según le había contado Elizabeth, Lucy nunca había pensado en casarse ni en tener hijos. Visto desde aquella perspectiva, era perfectamente lógico que tuviese sexo con quien quisiera. No era un asunto moral, sino una necesidad por sentirse amada durante un breve periodo.

Era lo que había querido de él. Se lo había dicho en el hospital, cuando él la obligó inconscientemente a revelarle su dislexia. Lucy no esperaba nada permanente, y esa resignación era la que controlaba sus pensamientos, sus emociones y su vida.

Al fin Michael la comprendía.

Lo comprendía todo.

Y se daba cuenta de lo importante que era tomar la decisión adecuada.

Capítulo 18

MICHAEL iba a hablar con ella esa noche. Harry lo llevaría a verla. Ellie intentaba convencerla de que el encuentro era inevitable. No había escapatoria posible. Tendría que escuchar y pensar seriamente en las decisiones que tomara.

Volvía a sentir náuseas. Apenas había probado la pasta que había preparado para cenar. Pero por muy indispuesta que se sintiera, el orgullo no le permitía darles una imagen enfermiza a los hermanos Finn.

De modo que se pasó una hora arreglándose para tener el mejor aspecto posible. Quería hacerle creer a Michael que la chica radiante y alegre que siempre había sido volvería a seguir adelante y criaría a su hijo, al hijo de ambos, a su manera. Michael no tendría que preocuparse por nadie.

Ellie le había asegurado que Michael aceptaba ser el padre. Si era cierto, seguramente le ofrecería ayuda económica. Y ella la aceptaría porque era lo más sensato. Sus perspectivas laborales iban a verse seriamente perjudicadas por ser madre soltera. Necesitaría toda la ayuda que pudiera conseguir.

Tras darle mil vueltas al asunto, se sintió un poco más segura de su decisión cuando sonó el timbre de la puerta. El corazón, sin embargo, le latía furiosamente en el pecho. Llegaban temprano. Aún faltaban diez minutos para las ocho, y ella aún no se sentía preparada para verlos. Mientras Ellie se disponía a abrir, un instinto de protección la hizo entrar en la cocina y dejar la encimera entre ella y los hombres que habían cambiado sus vidas.

No fue Michael quien entró. Ni tampoco Harry. Era un repartidor con un enorme arreglo de rosas rojas dispuestas en forma de cúpula y con un palo en el centro que sostenía un pompón hecho también de rosas.

–Esto es para la mesa del salón –explicó el repartidor.

Otros dos repartidores entraron tras él.

–Esto es para la encimera –dijo uno de ellos.

Más rosas, dispuestas en un estilo japonés muy artístico.

–Y esto para la mesa del comedor.

Un ramillete de rosas en un elegante jarrón, perfecto para el lugar indicado.

Por suerte, a Ellie le quedó la suficiente compostura para darles las gracias a los repartidores, porque Lucy no salía de su asombro. ¿Qué podía significar aquel regalo tan extravagante? Contempló las rosas, decenas de ellas... rojas.

El timbre volvió a sonar.

–¿Estás bien, Lucy? –le preguntó su hermana antes de abrir.

Ella asintió y se apoyó en la esquina de la encimera. Su mente era un torbellino, el corazón le latía desbocado y el estómago se le contraía por los nervios. Todo lo que había pensado decirle a Michael se agolpaba en su cabeza sin orden ni lógica.

Escuchar y observar, se ordenó a sí misma. Analizar lo que le dijera y cómo se lo dijera. A partir de ahí sabría a lo que atenerse.

Ellie abrió la puerta.

Michael entró el primero. El príncipe más apuesto del mundo, vestido con unos shorts grises, una camisa a rayas blancas y grises y zapatillas de andar por casa. Se apoyaba en un bastón, y en la otra mano sostenía una rosa blanca y rosa.

Lucy se quedó tan confundida y perpleja que apenas advirtió la entrada de Harry, quien se detuvo junto a Ellie y le dijo algo en voz baja. Un segundo después los dos salieron y cerraron la puerta tras ellos, dejando a Lucy a solas con Michael en una habitación llena de rosas. Seguramente representaba una especie de presión emocional contra la que ella tendría que luchar. El pánico la invadió. Necesitaba a su hermana junto a ella. Necesitaba un punto de referencia y apoyo para no verse arrastrada a la perdición.

–No debes tener miedo de mí, Lucy –le dijo Michael con una voz grave, profunda y tranquilizadora.

Ella tragó saliva, intentando deshacer el nudo de la garganta.

–Lo siento –consiguió murmurar–. Siento haberte complicado tanto la vida. No quería que fuera así.

–Sé que esto no estaba previsto, pero me alegra que así haya ocurrido –le sonrió y le acercó un taburete, sentándose él en el otro–. No me has complicado la vida, Lucy. De hecho, ahora lo veo todo con claridad.

Ella sacudió la cabeza.

–No lo entiendo...

–Siéntate y relájate. Vamos a hablar de todo lo que no entiendas.

Lucy despegó las manos de la encimera y arrastró

el taburete al otro lado de la misma. Se sentía más segura con aquella sólida barrera entre ellos. No se podía permitir ninguna estupidez. Una vez sentada, señaló las rosas que tenía al lado.

–Nunca me has dicho que me quieres, Michael –le recordó, buscando algún atisbo de falsedad en sus ojos.

–Te lo estoy diciendo ahora –le sostuvo la mirada con una convicción absoluta–. Te quiero y quiero casarme contigo, Lucy. Cuando estábamos en la isla te oí decirle a Sarah que solo te casarías con un hombre que te quisiera lo bastante para regalarte rosas. Lo que ves aquí es una promesa de que siempre habrá rosas en nuestro matrimonio.

Una dolorosa punzada le traspasó el corazón al tener que decir lo que no quería decir.

–No voy a casarme contigo. Michael.

–¿Por qué no?

–No quiero hacerlo solo porque esté embarazada. Fue lo que hizo mi madre. Estaba convencida de que era lo mejor, pero no fue así. Le prometí que yo nunca cometería el mismo error que ella. No importa lo nobles que sean las intenciones... al final todo se tuerce.

Su argumentación no pareció disuadir a Michael.

–Estoy de acuerdo en que las buenas intenciones no garantizan un matrimonio feliz. Creo que además ha de haber amor en la pareja, y por lo que me has contado no parece que tu padre amase a tu madre. Lo nuestro es diferente, Lucy. Yo te quiero en mi vida y creo que tú me quieres en la tuya. ¿De verdad puedes negarlo?

–¡No es tan sencillo! –gritó ella, angustiada por la necesidad de mantenerse firme–. Es posible que nuestro hijo herede mi dislexia, Michael. Y eso no es lo que tenías planeado para tu futuro.

–Yo no tenía nada planeado –arguyó él–. En lo más profundo de mi ser albergaba la esperanza de que algún día conocería a la mujer con la que pudiera tener la misma relación que mi padre tuvo con mi madre. Tú eres esa persona, Lucy. Eres la mujer que ilumina mi vida. Y estoy seguro de que nuestro hijo iluminará nuestras vidas, sea disléxico o no.

–No sabes lo que es vivir con dislexia... La confusión, la frustración, darte cuenta de que no eres normal como los otros niños. La luz se apaga continuamente, Michael, y es muy difícil aprender a encenderla de nuevo.

Los grises ojos de Michael brillaban con una determinación inquebrantable.

–Lucy, te prometo que para nuestro hijo no supondrá el problema que fue para ti. Estaremos siempre atentos, tengamos los hijos que tengamos, y recurriremos a la ayuda profesional si es necesario.

¿Hijos? ¿Michael estaba pensando en tener más de un hijo con ella?

–He estado buscando información sobre la dislexia en Internet –continuó él–. Hay muchos programas de ayuda, a los que tú no tuviste acceso de niña. Pero por encima de todo, siempre estaremos ahí para nuestros hijos. Eso es lo más importante, tener a unos padres que te quieran y que te vean como alguien especial independientemente de cualquier minusvalía.

Hablaba con tanta seguridad que la resistencia de Lucy empezó a resquebrajarse. Quería a aquel hombre, y quería que su hijo tuviera un padre bueno y cariñoso. Pero en el maravilloso futuro que Michael estaba dibujando seguía habiendo una mancha...

–¿Y si te tropiezas con otros hombres con los que me haya acostado, Michael?

Él siguió mirándola fijamente a los ojos.

–No he olvidado que me convertí en un sapo la noche del baile, y aun así permaneciste a mi lado después del accidente.

–No quería que murieras. No quería perderte, pero no pensaba que pudiera haber un futuro para nosotros... Aquella noche me hiciste sentir muy mal.

–Lo sé. Y yo también me he sentido mal desde entonces. Por favor, créeme cuando te digo que me da igual con cuántos hombres te hayas acostado. Si te casas conmigo, Lucy, siempre me consideraré el hombre más afortunado de la tierra por tenerte.

Su tono arrepentido y vehemente estaba haciendo estragos en sus emociones. Quería creerlo, pero...

–¿Cómo puedo estar segura, Michael?

–Dame la oportunidad para demostrártelo. Quiero ser tu príncipe, Lucy. Quiero amarte, protegerte y luchar por ti. Si tan solo me honras con tu sonrisa...

Lucy no pudo evitar que se le curvaran los labios.

–... conquistaré el mundo para ti –concluyó él.

A Lucy se le escapó una risa nerviosa. Todo aquello era imposiblemente romántico, como si de un sueño se tratara.

Michael giró la flor blanca y rosa en sus dedos. Su exquisita fragancia estimulaba el olfato de Lucy.

–Esta rosa se llama Princesa de Mónaco. Quiero regalártela porque tú eres mi princesa, Lucy. Quiero que tengamos una casa con jardín donde pueda plantar esta rosa para que siempre recuerdes que eres mi princesa y que te amo –le ofreció la flor–. ¿Me la aceptas?

Una oleada de emociones barrió las dudas a las que

Lucy intentaba aferrarse. Sin poder evitarlo, alargó la mano para aceptar la hermosa flor y llevársela a la nariz para aspirar su olor. Y tampoco pudo evitar una sonrisa de felicidad.

–Yo también te quiero, Michael.

El deseo ardió en sus ojos grises.

–Me encantaría llevarte a la cama ahora mismo y acariciarte el cuerpo desnudo con la rosa, para embriagarte con su olor y con el amor que siento por ti...

–¡Me encanta! –le sonrió con picardía y se bajó del taburete para rodear la encimera–. ¿Cuánto tardarán Harry y Ellie en volver?

–No volverán hasta que yo llame a Harry para que venga a recogerme.

–Entonces no tenemos prisa, ¿verdad?

–Lucy, me temo que no podré...

–Puedes convertirme en un jardín de rosas y yo puedo subirte al cielo, amor mío –le dijo ella, y tomó su rostro entre las manos para besarlo con la promesa de todo el placer que podía darle sin hacerle daño.

El fuego que Lucy le prendió en la entrepierna exigía una respuesta inmediata. Le daba igual si se hacía daño. Necesitaba hacer el amor con ella y sentir cómo lo amaba.

Lucy lo subió al cielo y más allá. Suspendido en una nube de placer, se sentía como un rey y sabía que ella siempre sería su reina. Era la mujer que siempre había buscado. Su pareja ideal. Una adicción que nunca podría ni querría superar. Y se juró en silencio que nada podría jamás interponerse entre ellos.

Capítulo 19

ERA su último día de trabajo en la administración del cementerio, y le habían pedido que supervisara el retorno de las cabezas de los ángeles restauradas al panteón. Condujo alegremente hasta Greenlands, pues quería visitar de nuevo la tumba de su madre. Además, junto a ella llevaba una bolsa con el rosal que pensaba plantar allí.

Llegó antes que el mampostero, y estaba recorriendo las filas de tumbas cuando vio al anciano que había plantado el rosal de Pal Joey para su difunta esposa. Levantó su brazo libre y lo saludó.

–¡Hola, señor Robson! Parece que su rosal agarró bien.

El rostro del anciano se iluminó al verla.

–¡Señorita Flippence! Sí, está muy bonito, ¿verdad? ¿Y qué tienes ahí?

–Es un regalo de agradecimiento para mi madre –se detuvo para enseñárselo y hablar un poco. El señor Robson estaba muy solo desde que perdió a su querida esposa.

–¡Ah! Una Princesa de Mónaco –dijo él al acercarse lo suficiente para reconocer la flor–. Una buena elección. Tiene un olor delicioso.

–Sí. Mi marido va a plantar una para mí cuando construyamos nuestra casa –le contó ella con orgullo.

–¡Enhorabuena! Pareces muy contenta. Os deseo lo mejor a ambos.

–Gracias. Nunca había sido tan feliz. Es como un milagro, encontrar a alguien que te quiera de verdad.

–Imagino que vas a visitar a tu madre para contárselo.

–Así es –Lucy le dedicó una sonrisa de complicidad–. Creo que es ella quien lo hizo posible... Le pedí un milagro, ¿sabe?

Él le guiñó un ojo.

–Entonces seguro que ha sido ella. ¡Que Dios te bendiga, pequeña!

Era un hombre encantador, pensó Lucy mientras se alejaba. Aún quedaban príncipes en el mundo, y ella y Ellie eran increíblemente afortunadas por haber encontrado a dos de ellos.

Dejó la bolsa al pie de la lápida, se sentó en la hierba y levantó la mirada hacia el cielo azul y despejado.

–Si me estás viendo, mamá, sabrás cómo ha cambiado mi vida desde el cumpleaños de Ellie. Este es mi último día de trabajo en el cementerio, porque Ellie y yo tenemos que preparar nuestras bodas y otras muchas cosas. Además estoy embarazada de tres meses y Michael no quiere que haga muchos esfuerzos, y por eso debo dejar el trabajo. Por supuesto seguiré viniendo a verte, aunque ya nunca más me sentiré perdida. ¿No es maravilloso?

Suspiró y bajó la mirada al regalo que quería compartir con su madre.

–Esta es la rosa que Michael me regaló cuando me prometió que siempre estaría conmigo, mi caballero de brillante armadura. La eligió porque se llama Princesa de Mónaco y yo soy su princesa, mamá. ¿Recuerdas que en la escuela me llamaban Lucy la Chiflada por mi dislexia? Nunca imaginé que sería la princesa de alguien. A veces me cuesta creer que Michael me ame realmente. Pero siempre me lo está demostrando. Y lo amo con todo mi corazón.

El mampostero ya debía de haber llegado al panteón, de modo que se levantó y le lanzó un beso a la lápida.

–Ellie y yo pensaremos en ti en nuestra boda. Sabemos que te habría encantado estar allí y vernos vestidas de novia, y que te habrías sentido muy orgullosa de nosotras. Te hemos hecho caso... «Nunca os comprometáis con un hombre que no os quiera o si no estáis seguras de que podéis amarlo toda la vida». Lo hemos hecho bien, mamá, así que puedes descansar en paz.

Levantó los brazos y se puso a dar vueltas, riendo de alegría por estar viva y por ser amada. Era la princesa de Michael. Todo era perfecto.

Un verdadero milagro.

«Que Dios bendiga a todos», pensó.

Sentir aquella bendición era tan maravilloso que no había palabras para describirlo.

Él quería enseñarle lo abrasadora que podía llegar a ser
una noche en el desierto…

El futuro de la mina de diamantes de Skavanga esta-
ba en peligro. Britt Skavanga necesitaba una inyección
de capital cuanto antes, y un
misterioso inversor árabe
conocido como Emir estaba
dispuesto a dársela…

Britt viajaría al reino de Kareshi, situado en pleno desierto, para enfrentarse a su
arrogante benefactor. Si ella
llevaba los fríos diamantes
del Ártico en la sangre, entonces la fina arena de esa
tierra baldía corría por las
venas del jeque Sharif al
Kareshi.

Diamante del desierto

Susan Stephens

Acepte 2 de nuestras mejores novelas de amor GRATIS

¡Y reciba un regalo sorpresa!

Oferta especial de tiempo limitado

Rellene el cupón y envíelo a

Harlequin Reader Service®
3010 Walden Ave.
P.O. Box 1867
Buffalo, N.Y. 14240-1867

¡Sí! Por favor, envíenme 2 novelas de amor de Harlequin (1 Bianca® y 1 Deseo®) gratis, más el regalo sorpresa. Luego remítanme 4 novelas nuevas todos los meses, las cuales recibiré mucho antes de que aparezcan en librerías, y factúrenme al bajo precio de $3,24 cada una, más $0,25 por envío e impuesto de ventas, si corresponde*. Este es el precio total, y es un ahorro de casi el 20% sobre el precio de portada. ¡Una oferta excelente! Entiendo que el hecho de aceptar estos libros y el regalo no me obliga en forma alguna a la compra de libros adicionales. Y también que puedo devolver cualquier envío y cancelar en cualquier momento. Aún si decido no comprar ningún otro libro de Harlequin, los 2 libros gratis y el regalo sorpresa son míos para siempre.

416 LBN DU7N

Nombre y apellido	(Por favor, letra de molde)
Dirección	Apartamento No.
Ciudad	Estado Zona postal

Esta oferta se limita a un pedido por hogar y no está disponible para los subscriptores actuales de Deseo® y Bianca®.
*Los términos y precios quedan sujetos a cambios sin aviso previo.
Impuestos de ventas aplican en N.Y.

SPN-03

©2003 Harlequin Enterprises Limited